SOUMISE AUX CYBORGS

PROGRAMME DES ÉPOUSES INTERSTELLAIRES: LA COLONIE - 1

GRACE GOODWIN

Soumise aux cyborgs : Copyright © 2018 by Grace Goodwin

Tous Droits Réservés. Aucune partie de ce livre ne peut être reproduite ou transmise sous quelque forme ou par quelque moyen que ce soit, électronique ou mécanique, y compris photocopie, enregistrement, tout autre système de stockage et de récupération de données sans permission écrite expresse de l'auteur.

Publié par Grace Goodwin - KSA Publishing Consultants, Inc.

Goodwin, Grace
Surrender To The Cyborgs

Dessin de couverture copyright 2019 par KSA Publishing Consultants, Inc.
Images/ Crédit Photo: Deposit Photos: yuriyzhuravov, Angela_Harburn

Note de l'Editeur :
Ce livre s'adresse *exclusivement à un public adulte*. Les fessées et autres activités sexuelles citées dans cet ouvrage relèvent de la fiction et sont destinées à un public adulte, elles ne sont ni cautionnées ni encouragées par l'auteur ou l'éditeur.

BULLETIN FRANÇAISE

REJOIGNEZ MA LISTE DE CONTACTS POUR ÊTRE DANS LES PREMIERS A CONNAÎTRE LES NOUVELLES SORTIES, OBTENIR DES TARIFS PREFERENTIELS ET DES EXTRAITS

Cliquez ici

1

Rachel Pierce, Centre de Préparation du Programme des Épouses Interstellaires

« Tu ne peux pas nous échapper, » me murmura une voix grave et masculine à l'oreille.

La pièce était sombre, presque plongée dans le noir, et je n'arrivais pas à voir son visage, mais le ton de sa voix m'excitait. J'aurais dû être effrayée, terrifiée, et pourtant, mon corps se cambra d'impatience sur le lit en entendant ses mots. Je mouillais. Pleine de désir.

Je tirai sur les liens qui me maintenaient les poignets, les menottes fixées au-dessus de ma tête. Elles étaient serrées, mais ne me faisaient pas mal. Ils s'étaient assurés que je sois complètement à leur merci, mais sans risquer de me faire souffrir. Les menottes ne me laissaient aucune marche de manœuvre, mais la douceur du lit moelleux sous mon dos était apaisante, tout comme les mains calleuses qui caressaient mes seins en poire ; l'intérieur de mes cuisses écartées, mon pubis nu.

« Notre petite prisonnière. »

La voix me fit marquer un temps d'arrêt. La *deuxième* voix. Il n'y avait pas qu'un homme au lit avec moi, mais deux. Deux paires de mains.

« Ah ! » m'exclamai-je alors que leurs morsures érotiques provoquaient une vague de douleur au bout de mes tétons.

Deux bouches.

Je ne voyais pas leurs visages, mais je sentais leurs mains, entendais leurs respirations saccadées, sentais leur chaleur, leurs odeurs sombres et épicées.

« Je veux vous toucher, » répondis-je en léchant mes lèvres sèches.

Je tirai une nouvelle fois sur mes liens, mais ils étaient impitoyables. Je n'avais pas besoin de les voir pour savoir qu'ils étaient grands, bien plus grands que moi. Leurs mains étaient énormes, de la largeur de mon ventre, gigantesques à côté de mes seins, qui étaient loin d'être petits, m'agrippant les genoux et les écartant afin que mon corps soit disponible pour leurs moindres envies, leurs moindres désirs.

J'aurais *dû* ressentir de la panique, mais même si je ne connaissais pas ces hommes, ils m'étaient familiers, je me sentais en sécurité avec eux. Assez en sécurité pour être attachée et à leur merci.

Je n'avais encore jamais été attirée par le bondage ou le BDSM, pas même une petite fessée lors d'une folle nuit. Mes expériences sexuelles allaient du tripotage au lycée aux rapports sexuels empressés.

Ça, ça n'avait rien à voir... et ça me plaisait.

J'aimais sentir le poids des menottes autour de mes poignets. J'aimais la façon dont elles m'immobilisaient. J'aimais la façon dont ces hommes me touchaient, m'excitant plus que jamais. Et ils ne faisaient que me toucher.

Lorsqu'une main plongea entre mes cuisses, je cambrai le dos, ondulant des hanches pour accompagner son contact.

« Elle est trempée. Tu aimes te soumettre. »

Je n'avais jamais pensé que c'était le cas, mais avec ces deux-là, c'était bien la vérité. Oh, que oui !

Je gémis en sentant ses doigts caresser mes replis, faire le tour de mon clitoris, repousser son capuchon pour... Oh, putain. Son souffle chaud.

Lorsque sa bouche se referma sur mon clitoris, je poussai un cri et eus un spasme incontrôlable. Des mains sur mes cuisses s'assurèrent que je reste ouverte, exposée, disponible.

Je ne pouvais rien faire d'autre que de prendre tout ce qu'ils voulaient me faire, me donner.

« D'abord, tu jouis, et ensuite, je te baise »

Ça ne me posait aucun problème.

« D'accord, » répondis-je dans un soupir à l'homme qui me léchait.

L'autre me léchait les tétons, l'un après l'autre. Je sentis la caresse d'une barbe bien taillée, les poils doux chatouillant ma peau tendre et éveillant chacune de mes terminaisons nerveuses.

« Tu le sens, pas vrai ? Notre désir, qui monte et qui monte. Les colliers nous lient, nous font partager le plaisir les uns des autres. »

Je sentis le poids de quelque chose autour de mon cou, sentis l'intensité du désir des hommes, leur domination, ma soumission, qui nous enveloppaient comme une aura rouge vif. J'étais plus chaude, plus mouillée, plus excitée que jamais.

J'allais atteindre l'orgasme. C'était inévitable à présent, car j'étais attachée par des menottes et des cordes, enchantée par l'attention qu'ils me portaient. Mon sexe était douloureux, gonflé, contracté. Mon clitoris me lançait. Mes tétons me picotaient.

« Oui, je vais... Il me faut... Juste là... Rien qu'un petit peu... Non ! »

Les hommes savaient que j'allais jouir et pas seulement à cause de mes bavardages sans queue ni tête ou de la façon dont mon corps tremblait. C'était ces foutus colliers. Ils savaient qu'un coup de langue supplémentaire sur mon clitoris enflé, une morsure décadente de plus sur mon téton suffiraient à me faire succomber à l'orgasme le plus puissant que j'aie jamais eu.

Mais j'étais en sueur, dans l'attente et des larmes s'échappaient de mes yeux. Je les voulais plus que tout. Mon corps était presque électrisé par mon désir pour eux. Un simple contact au bon endroit causerait ma perte.

L'homme qui se trouvait près de ma tête bougea pour s'allonger à côté de moi, son long membre pressé contre mon flanc. Des mains me prirent par la taille et m'installèrent sur lui, mes bras toujours au-dessus de ma tête, au-dessus de la sienne, aussi. Si je me penchais de quelques centimètres, je pourrais sans doute l'embrasser. Je mis mes jambes dans une position plus confortable et le chevauchai. Mes seins frottèrent contre les poils doux de son torse. Ma peau lisse glissa facilement sur la sienne. Mon sexe recouvrit son membre, sur lequel j'étais assise, sa largeur écartant mes plis. Nos souffles se mêlèrent et pourtant, je ne le voyais toujours pas.

« Pitié, » implorai-je en ondulant des hanches pour placer son sexe à mon entrée, pour pouvoir le prendre profondément.

J'avais *besoin* de le sentir en moi. Je n'avais jamais pensé une telle chose et si ça faisait de moi une obsédée, eh bien tant pis, mais j'avais besoin de sexe.

Une main s'abattit sur mes fesses fermes et la douleur fut une surprise. Même si ça faisait mal, cela se transforma en plaisir et je haletai, puis gémis.

« C'est nous qui décidons de la manière, dit l'homme derrière moi.

— C'est nous qui décidons du moment, » conclut celui qui se trouvait sous mon corps.

Une paume enveloppa ma peau douloureuse et m'écarta les fesses. Un doigt puissant et enrobé d'un liquide froid s'y glissa, trouva mon entrée de derrière, en fit le tour, puis la pénétra.

La morsure de ce doigt qui m'étirait me laissa haletante, immobile. Il me lubrifiait de plus en plus.

« Tu es prête pour nos queues, partenaire ? Prête à être à nous pour toujours ? » dit l'homme derrière moi tout en préparant doucement mes fesses à... Oh bon sang.

Nos queues. Pour toujours.

Oui, j'étais prête ? Plus que prête. Le temps n'existait plus, seulement la sensation de ses doigts qui me travaillaient, qui m'étiraient et le contact de son corps musclé derrière mi. Des mains me caressaient le dos, les flancs, les cheveux.

« Elle est prête. »

Je l'étais depuis un petit moment, mais je ne leur en avais pas fait part, craignant de me reprendre une fessée. C'étaient eux qui étaient aux commandes, alors je me mordis la lèvre.

Je les sentis bouger, entendis leurs mouvements alors que l'on me soulevait pour me pénétrer par devant. *Oui !* Je me tortillai, tentant de m'enfoncer sur lui, mais il ne me laissa pas faire. Lorsque je sentis l'autre sexe se poser contre mon entrée de derrière, je réalisai qu'ils allaient me prendre ensemble.

Vraiment ensemble. Pas chacun leur tour. Pas un dans ma chatte et un autre dans ma bouche. Non. Ensemble, un devant, un derrière.

Alors que je paniquais, une vague d'excitation extrême me submergea. Je sentis le désir des hommes se mêler au mien à travers mon collier et cela estompa ma panique et l'apaisa grâce à cette excitation incontrôlable.

« Pitié, » suppliai-je encore en sentant leurs sexes s'enfoncer en moi.

Celui qui se trouvait contre mon vagin glissa avec facilité, le bruit mouillé de mon désir aussi fort que nos soupirs. D'un geste fluide, il s'enfonça profondément, m'emplissant totalement. Il poussa un gémissement. Je poussai un gémissement. Bon sang, il était bien monté. Épais. Dur. Si profond.

« Je vais jouir, » dis-je.

C'était la vérité. Ils m'avaient si bien préparée que j'en tremblais.

« Pas encore. Dès que tu nous appartiendras, quand tu auras pris nos deux sexes, on sera complètement liés. C'est seulement à ce moment que tu seras revendiquée comme partenaire, » dit l'homme derrière moi en se pressant plus fort en moi, le gland de son membre imposant m'ouvrant lentement. Mon corps résistait à peine à ses efforts. C'était peut-être le lubrifiant de son désir, mais j'étais persuadé que c'était grâce aux colliers qui nous liaient, qui me permirent de me détendre, de respirer, de baisser les armes. Ils avaient voulu que je me soumette et cet acte était la soumission ultime.

Je ne pouvais rien faire d'autre que d'accepter ce qu'ils voulaient. Quand ils le voulaient. De la façon dont ils le voulaient.

C'est cela qui, plus que le deuxième sexe qui s'enfonçait en moi, me fit pousser un cri de plaisir. J'étais si pleine. Si ouverte, exposée. Vulnérable et pourtant puissante à la fois.

C'était trop, ce plaisir. J'étais véritablement emprisonnée, pas seulement par les liens au-dessus de ma tête, mais par ces membres qui nous liaient. Nous ne faisions plus qu'un.

Lorsque je sentis la semence chaude s'écouler de leurs sexes, je criai encore et encore.

« Mademoiselle Pierce ! » répéta une voix alors qu'une main me secouait l'épaule.

Je me débattis, sentis la façon dont mes mains étaient attachées, sus que c'était réel.

« Rachel ! »

Non, ce n'était pas réel. La voix qui criait était celle d'une femme, pas un grondement viril.

Je clignai des yeux, hébétée. Une lumière vive filtrait par mes paupières fermées, transformant ma vision en une teinte d'un rouge foncé jusqu'à ce que je ne puisse plus ignorer la voix agaçante de cette femme, ni la main bien trop petite sur mon épaule. J'ouvris les yeux.

Merde. Il n'y avait pas d'hommes. Pas de mains, ni de bouches, de sexes. Il y avait bel et bien eu un orgasme, par contre. J'étais en sueur et je pouvais encore en ressentir la chaleur, le plaisir qui me courait toujours dans les veines. Mon sexe se contracta autour de... rien. Mes fesses se serrèrent. J'étais vide. Le résultat mouillé de mon désir me faisait glisser dans un étrange fauteuil d'examen. C'était comme si j'avais été attachée, toute nue, sur un fauteuil de dentiste.

Mes mains étaient liées, mais pas par les menottes des hommes et je n'étais pas dans un lit douillet. Non, j'étais attachée au fauteuil d'examen du Centre de Préparation des Épouses Interstellaires. Les hommes n'étaient qu'un rêve, le fruit de mon imagination en manque de sexe. Je n'avais pas été avec un homme depuis un bon moment. Plus d'un an.

Apparemment, mon corps était passé de rien à l'orgasme en cinq secondes top chrono. Mais ça avait été si bon, si chaud et dur et...

« Mademoiselle Pierce, veuillez me regarder. »

Voilà encore cette voix féminine agaçante qui m'aboyait presque des ordres. Son ton ne me plaisait pas du tout. Ça non.

Je me concentrai sur le visage qui flottait devant moi et attendis que ma vue devienne moins trouble. Lorsque ce fut le cas, je vis que le visage d'une jeune femme se tenait au-dessus de moi. Je me souvenais d'elle, maintenant. Malheureusement, je me souvenais de tout.

« Gardienne Égara.

— Bien. Vous êtes réveillée.

— Vous voulez me tester et maintenant vous m'arrachez mon rêve ? »

Ç'avait été un rêve. Depuis quand la réalité comptait-elle deux hommes virils qui me prenaient en même temps ? Quand avais-je déjà eu un orgasme aussi fort ? Aussi intense ? Quand avais-je eu envie d'être touchée au point d'avoir presque envie de crier rien qu'en y pensant ?

Jamais. Ces amants super canon et dominateurs ne faisaient pas partie de ma réalité.

Ma réalité incluait la prison. Des lumières crues. De la nourriture répugnante. Un air vicié. Des centaines de femmes qui me regardaient comme si j'étais de la viande fraîche. De la solitude. De la trahison.

« Oui, Mademoiselle Pierce. Je suis navrée. Normalement, je n'interromps pas le test aussi tôt, mais je dois admettre que vos cris m'ont légèrement inquiétée. »

Je ne pus m'empêcher de rougir.

« Disons juste que ce rêve était très... réaliste. »

Elle baissa les yeux sur sa tablette, ayant visiblement décidé que je n'étais pas en train de mourir dans sa chaise d'examen. Elle fit le tour de sa table et s'assit. La pièce était clinique, beige. J'aurais pu penser qu'il s'agissait d'une salle de conférence, s'il n'y avait pas eu la chaise d'examen sophistiquée dans laquelle j'étais installée. Non, à laquelle j'étais attachée comme la patiente d'un hôpital psychiatrique. Les menottes autour de mes poignets faisaient au moins dix centimètres de large et deux centimètres d'épaisseur. J'ignorais quel genre de femmes surnaturelles ils menottaient habituellement, mais la seule façon qu'une fille normale aurait de s'en défaire, c'était avec une scie à métaux.

Je baissai les yeux sur mon corps, étonnamment soulagée de voir que je portais une blouse d'hôpital grise au lieu du pantalon orange et du tee-shirt blanc de la prison qui avaient constitué mon unique garde-robe au cours des derniers mois.

J'étais nue en dessous et la blouse ne m'arrivait qu'aux genoux. Les blouses d'hôpitaux, apparemment, étaient toujours moches, quelle que soit la planète. Et je n'aimais pas trop que mes fesses nues collent à la chaise. Où étaient la culotte et le soutien-gorge de la prison ?

« Le test a donné de bons résultats et on vous a trouvé une compatibilité à quatre-vingt-dix-neuf pour cent. »

Le sourire de la gardienne Égara lui illumina le visage et je réalisai qu'elle devait avoir quelques années de moins que moi. Ses cheveux bruns étaient tirés en arrière dans un chignon sévère, un style qui me rappelait celui des matrones dans les vieux westerns. Ses yeux gris traduisaient une intelligence que je pouvais respecter, mais ses mots m'alarmaient. J'étais venu sur les conseils de mon avocat. Mais je n'avais jamais eu confiance dans cette histoire de compatibilité. Enfin, franchement ? Comment une espèce d'ordinateur extraterrestre pouvait-il sélectionner un homme parfait pour moi ? Je n'y croyais pas. Mais cela n'empêcha pas une pointe d'espoir de naître en moi en me serrant douloureusement la poitrine.

Je fronçai les sourcils pour cacher ma réaction. Les choses n'étaient pas censées se passer comme ça.

« Je suis compatible ?

— Oui, avec un guerrier prillon.

— Un Prillon »

J'ignorais tout des autres planètes de la Coalition. J'avais gardé le nez sur des coupelles et mes yeux sur la lentille de mon microscope ces dix dernières années.

« Je vous avais dit que je n'en voulais pas. D'un compagnon. De ça. Je ne veux pas me rendre sur une... une autre planète, crachai-je comme si les mots me salissaient la langue. Je vous l'ai *dit*. Je n'ai rien à faire ici, rien à faire en prison. Je n'ai rien fait de mal, à part révéler la vérité au grand jour. Je ne quitterai pas la Terre juste parce que quelqu'un d'autre a enfreint la loi.

La gardienne me regarda avec ses yeux gris pleins de compassion.

« Oui, j'ai entendu parler de votre cas, entendu que vous clamiez votre innocence. Du point de vue du processus, le test ne change pas le fait que vous avez été condamnée pour un crime. Ça ne change pas le fait que vous allez rester en prison ces vingt-cinq prochaines années.

— J'ai fait appel.

— Oui, votre avocat m'en a informée et je vous souhaite bonne chance. »

Ses yeux se firent plus doux et ma colère se dissipa en y voyant tant de pitié. Elle reprit :

« Je suis désolée, Rachel. Mais votre innocence ou culpabilité ne change rien pour moi. Et croyez-moi, votre nouveau compagnon s'en fichera. Vous êtes ici. Vous avez été condamnée. Ils devaient avoir des preuves.

— Elles ont été falsifiées, » rétorquai-je.

Toute trace de mon orgasme avait disparu, remplacée par la colère, la frustration et l'amertume qui m'habitaient depuis cinq mois. Lorsqu'une nouvelle loi concernant les lanceurs d'alertes était entrée en effet, elle ne m'avait pas incluse. Non. J'avais rapidement été embarquée, accusée de crimes que je n'avais pas commis par des gens qui avaient fait bien pire simplement pour protéger leurs arrières.

Oui, j'avais été la directrice de recherche chez GloboPharma. Les essais cliniques se passaient sous ma supervision. Mais j'avais tout arrêté lorsque les choses avaient mal tourné. J'avais suivi les recommandations sanitaires à la lettre. Les données dans les rapports que j'avais faits étaient véridiques et exactes. Oui, j'avais su que des centaines de millions de dollars étaient en jeu pour l'entreprise, qui tentait de développer un traitement contre le cancer. Et ce traitement marchait, sauf qu'il tuait beaucoup trop de cellules saines.

J'avais fait un rapport et je m'étais attendue à ce que mes superviseurs fassent ce qu'il fallait.

Le jour où j'avais entendu que la commission sanitaire avait approuvé le traitement, j'avais failli vomir mon sandwich salami-moutarde au bureau. J'avais appelé le directeur de l'entreprise et lorsqu'il avait refusé de m'écouter, j'avais appelé le PDG.

Ils m'avaient tous ignorée et avaient envoyé des hommes tout détruire chez moi et me faire taire. Ils m'avaient virée, discréditée et, sans que je le sache, avaient gardé mes données afin que je sois jugée responsable si tout était révélé.

Et les choses avaient très mal tourné. Au moins quatre cents personnes étaient mortes avant que la commission sanitaire ne comprenne que c'était la faute du nouveau médicament. Lorsqu'ils avaient cherché un coupable, GloboPharma leur avait donné ma tête sur un plateau d'argent.

Bande d'enfoirés. Je refusais de me laisser faire. Je n'avais pas l'intention de fuir comme un chiot effrayé et vivre sur une autre planète pour le restant de mes jours. Il fallait que je fasse le nécessaire. Il fallait que je me batte. Si je ne le faisais pas, les connards qui avaient fait ça aux patients recommenceraient. Encore. Et encore. J'avais passé mon master et avais obtenu un doctorat en biochimie un an plus tôt. Lors de mes premières années d'étude, j'avais étudié la physiologie pour pouvoir changer le monde, pour pouvoir aider les gens. Je n'avais jamais voulu avoir à me battre comme ça. Mais maintenant que j'étais dans cette situation, je ne pouvais pas tourner le dos à tout ça. Je n'avais pas le choix. Soit, je luttais, soit, je pourrissais en prison. Et si je les laissais m'abattre, ils recommenceraient, ils commettraient d'autres erreurs. Ils tueraient des gens. Ils mentiraient.

« Je ne peux pas partir. Il faut que j'aille à mon procès. S'il vous plaît, il faut que vous compreniez.

— Votre procès en appel a lieu dans deux mois, » répondit-elle, sans faire de commentaire sur mon discours.

Elle savait ce qui s'était passé, de quoi j'avais été accusée, ma condamnation. Tout était dans mon dossier, sur sa tablette. Toute ma vie était sous ses yeux, y compris ce que j'avais mangé au déjeuner trois mois plus tôt et ma taille de soutien-gorge.

« Votre avocat a recommandé de vous faire passer un test pour le Programme des Épouses Interstellaires, au cas où. »

Mon avocat était un homme sympathique, très bon dans son travail, mais il devait affronter toute une armée d'avocats accomplis à la solde de la commission sanitaire et de GloboPharma. Il m'avait dit que le combat serait difficile, mais je m'en fichais. Je n'avais *rien* fait de mal. J'avais découvert ce que d'autres avaient fait à des dizaines de milliers de gens effrayés, désespérés de trouver un remède à leur maladie. Ils avaient profité de personnes malades et effrayées. Ils avaient falsifié des documents, menti, comploté et avaient mis mon nom partout. L'entreprise avait payé une simple amende et s'en était tiré. C'était moi qui étais en prison pour contrefaçon, fraude et complot. Et encore, la liste était plus longue que ça. Je me fichais de ce qu'on disait de moi. Je n'abandonnerais pas.

« Oui, dans deux mois. La vérité éclatera au grand jour et je serai libre.

Elle ne semblait pas aussi optimiste.

« Être accouplée à un Prillon n'est pas la fin du monde, Rachel.

— Si, ça l'est. Littéralement. Je ne serais plus sur Terre.

— J'y suis allée. Sur Prillon, dit-elle en penchant la tête vers moi. J'ai été accouplée à un guerrier prillon il y a six ans. C'est la meilleure chose qui me soit arrivée.

— Et pourtant, vous êtes là, » rétorquai-je.

Elle pinça les lèvres et une ombre passa dans ses yeux gris. Je l'avais blessée.

« Je suis désolée, ajoutai-je. Je ne connais pas votre histoire, votre vie. Je suis juste... »

Je tirai sur mes liens.

« ... prise au piège. »

Lorsqu'elle ne répondit pas, j'examinai son expression stoïque. Oui. Elle était jeune, sans doute quatre ans de moins que mes trente-deux ans. Mais la douleur dans ses yeux était mûre. Son cœur était ceint d'une vieille armure.

« Comment avez-vous pu aller sur Prillon il y a six ans ? Le Programme des Épouses Interstellaires n'a commencé qu'il y a deux ans. »

Deux ans depuis que les extraterrestres avaient débarqué. Deux ans depuis que tout était parti en vrille sur Terre et que nous avions appris que nous n'étions pas seuls.

Deux ans et nos gouvernements se battaient toujours les uns contre les autres comme des brutes dans un bac à sable dans des luttes territoriales. Rien n'avait changé. Rien ne changerait jamais. La nature humaine était... Eh bien, trop humaine.

Elle eut un sourire maîtrisé qui n'atteignit pas ses yeux.

« Eh bien, je n'étais pas dans la même situation que vous, dit-elle. Je me suis simplement retrouvée au mauvais endroit au mauvais moment. Mes compagnons m'ont trouvée avant que la Terre ne soit officiellement intégrée à la Coalition. Je n'ai pas eu le choix, Rachel. Pas comme vous. Je n'ai été avec eux qu'un court moment avant que la Ruche ne les tue, mais je les ai aimés et je ne regrette pas le moins du monde d'avoir été leur partenaire. Je comprends que vous ayez peur d'aller sur une autre planète. Mais vous êtes compatible avec un commandant prillon décoré. Je suis sûre que vous finirez par l'aimer. Son second sera tout aussi impressionnant, j'en suis certaine.

« Son second ? »

Elle hocha la tête.

« Oui, tous les guerriers prillons partagent leur partenaire avec un autre. C'est la coutume. Si l'un de vos compagnons était tué au combat, vous, et vos enfants potentiels, auriez son second pour vous protéger et prendre soin de vous.

—Deux hommes ? Un ménage à trois ? »

Elle était folle, ou quoi ? Je ne voulais pas de ça. Je ne voulais déjà pas d'un extraterrestre, alors deux...

Mon corps se souvint des deux hommes qui m'avaient remplie avec leurs sexes quelques minutes plus tôt, dans ce fichu rêve, et l'excitation monta immédiatement en moi. Non. Non. Non. Non. Hors de question de rater mon procès en appel rien que pour du sexe torride avec des aliens. Pas moyen.

« Hors de question, » dis-je.

Si j'avais pu faire un geste dédaigneux de la main, je l'aurais fait. Mais vue la situation, je dus me contenter de faire tinter les menottes que j'avais aux poignets contre la chaise. Je la regardai dans les yeux et secouai de nouveau la tête pour m'assurer qu'elle comprenne parfaitement ce que je disais.

« Non, merci. Je sais que John a dit que je devrais venir ici, mais non. Je ne peux pas partir. Je refuse cet accouplement.

— Alors vous regagnerez votre prison de haute sécurité en attendant votre procès en appel. »

La perspective de me retrouver à nouveau en isolement m'était insupportable. Une cellule de prison ou l'espace. Mes options étaient sinistres. Mais savoir que j'étais innocente me donnait la conviction nécessaire.

« Merci de votre sollicitude, Gardienne. Mais je suis innocente. Je dois y croire si je veux gagner. Je ne peux pas les laisser s'en tirer comme ça, et je dois penser à ces pauvres patients et à leurs familles. Je ne quitterai pas la planète, je ne gâcherai pas ma carrière. Si je m'enfuis, tout le monde croira ce qu'on dit à mon propos, que j'ai menti sur les risques, que j'ai menti pour protéger l'entreprise. C'est faux. Je n'ai rien fait de ce genre. Je leur ai donné les vraies données et je peux le prouver. Je ne veux pas changer de planète. Celle-ci me convient très bien. J'avais une vie agréable. Je veux la récupérer ! »

Des larmes m'emplirent les yeux, mais je les chassai. Ma maison me manquait, ma voiture de sport me manquait, mon satané chat me manquait. Je n'avais jamais eu aussi envie de m'endormir dans mon lit. Mais j'avais assez pleuré comme ça. C'était même la seule chose que j'avais faite pendant mes premiers mois en prison. Ça suffit. J'étais innocente, et j'allais le prouver. Je retrouverais ma liberté et ma vie au laboratoire. Je continuerais mes recherches et je sauverais des vies. C'était la seule chose que j'avais toujours désirée. Je ne voulais pas abandonner.

Mon père se serait retourné dans sa tombe si j'avais fui ce combat. Il avait vu ma mère mourir quand je n'avais que cinq ans. Je me souvenais à peine d'elle, mais je me souvenais de la sensation de son crâne chauve lorsque je la prenais dans mes bras. Je me souvenais de l'odeur de maladie dans la maison.

Après sa mort, mon père avait fait de son mieux pour s'accrocher. Il y était parvenu, jusqu'à mon départ pour l'université. Ensuite, il s'était mis à boire et ça l'avait tué.

Culpabilité. Le mot était faible pour les émotions qui surgissaient en moi lorsque je pensais à mon père. Je n'aurais jamais dû le laisser seul. Je savais que ma mère lui manquait toujours. Je savais qu'il luttait contre ses propres démons. Mais j'avais dix-huit ans ; et j'avais hâte de découvrir le monde et d'entamer une nouvelle vie. J'avais déménagé à plus de mille kilomètres pour aller à la fac et je ne rentrais que deux fois par an. J'étais partie et il s'était éteint. Grosse erreur. Terrible.

Non. Je ne fuirais pas, cette fois-ci.

La gardienne Égara soupira et je n'aimai pas du tout la déception et la résignation que je vis dans ses yeux, comme si j'avais fait le mauvais choix.

« Très bien. Sachez que cette compatibilité a été enregistrée dans votre dossier. Si vous changez d'avis, la loi vous autorise à me contacter. Si vous choisissez de devenir une Épouse, votre condamnation sera annulée, votre casier judiciaire redeviendra vierge » et vous serez envoyée à vos compagnons immédiatement. »

Alors qu'elle parlait, elle plaça une étrange machine portable près de ma tête et je poussai un cri aigu lorsqu'une vive douleur me frappa à la tempe.

« Aïe ! m'exclamai-je en me débattant, tirant sur mes menottes avec une détermination toute retrouvée. Qu'est-ce que c'était ?

— Je suis désolée, Rachel, mais c'était nécessaire. »

Elle s'éloigna et alla placer le drôle d'objet cylindrique sur la table avant de revenir vers moi avec sa tablette dans les mains, les sourcils froncés.

« Et je suis désolée pour le mal de tête que vous allez ressentir pendant ces prochaines heures, reprit-elle. Normalement, vous seriez dans le transporteur pendant que votre cerveau s'habituerait à l'UPN, mais vous n'aurez pas cette chance.

— L'UPN ? Qu'est-ce que c'est que ça ? »

J'avais envie de me poser la main sur la tempe pour la frotter. Qu'est-ce qu'elle venait de me faire ?

« Qu'est-ce que vous m'avez fait ? »

Les menottes autour de mes poignets se détachèrent alors que la gardienne appuyait sur sa tablette. Elle leva les yeux vers les miens, et je n'y lus aucune compassion, seulement de la pitié.

« L'UPN est une unité de préparation neurale, nécessaire pour quitter la planète. Sa technologie neurale se fondra à votre centre du langage, vous permettant de comprendre et de parler toutes les langues de la Coalition. Vous ne pourrez pas devenir une Épouse si vous n'en avez pas.

— Mais je ne veux pas devenir une Épouse. »

Alors que je me levais, un garde entra dans la pièce avec les longues chaînes familières qui cliquetaient entre deux menottes. Je savais qu'il allait me ramener en prison, à l'isolement, où les gardiens me traitaient comme si j'étais invisible, tel un rat dans une cage qui avait besoin de nourriture et d'eau, mais rien d'autre. C'était tout de même mieux que l'alternative. Je ne voulais pas être autre chose qu'une simple détenue à leurs yeux, une autre bouche à nourrir. Je ne voulais pas qu'ils me remarquent.

Mais j'étais innocente. Mon avocat et les amis que j'avais en dehors de la prison découvriraient forcément la vérité. Il fallait que je croie que le juge qui s'occupait de mon affaire percerait à jour les mensonges du procureur.

« Si vous ne voulez pas devenir une Épouse, alors pourquoi avoir suivi le conseil de votre avocat en venant vous faire tester ? »

Sa question touchait un point sensible, mais je refusais de me laisser intimider. Je refusais de croire que le système judiciaire puisse me décevoir à ce point-là.

« Juste au cas où, « dis-je.

Elle hocha la tête d'un mouvement bref et précis.

« Exactement ? Et maintenant, vous avez l'UPN, juste au cas où. »

Elle me rétorquait avec mes propres arguments, mais son ton voulait clairement dire qu'elle pensait que je changerais d'avis, et vite. Et si le système me décevait et que j'étais condamnée pour de bon, je reviendrais peut-être. Ce rêve. Mon corps était toujours crispé de désir. Je voulais que ces grandes mains me parcourent le corps. J'avais l'impression d'être une pauvre idiote en manque, mais je n'arrivais pas à penser à autre chose qu'à la façon dont ils m'avaient caressé la peau, dont leurs énormes sexes m'avaient étirée. Le plaisir intense que j'avais ressenti en les chevauchant m'avait donné l'orgasme le plus puissant de ma petite vie pitoyable.

Un faux orgasme, dû au truc que leur machine m'avait fait

au cerveau. Si j'avais bien compris, j'avais vécu les souvenirs d'une autre femme, ce dont elle avait fait l'expérience.

Je trouvais tout ceci flippant. Et je ne voulais pas quitter la Terre. Je voulais récupérer ma putain de vie et j'allais y arriver.

Je pouvais survivre deux mois de plus à l'isolement. Je refusais de craquer. Mais une petite voix s'était mise à me hanter dans le silence de mon existence en prison. Même si je gagnais mon procès en appel, qu'adviendrait-il de moi ? Même si on me permettait de rentrer chez moi ? Serais-je vraiment libre ? Si les poursuites étaient abandonnées, si mon nom était blanchi, il y aurait toujours des gens pour douter, pour estimer que mes données et moi étions salies. Aucun laboratoire ne voudrait de moi. Pas aux États-Unis, en tout cas. Je serais obligée de déménager, de commencer une nouvelle vie.

Et si je ne gagnais pas, si le système me laissait tomber ? Je préférerais encore rester en prison pendant des décennies plutôt qu'être envoyée sur une planète où je serais à la merci de pas un, mais deux énormes extraterrestres.

D'une manière ou d'une autre, j'étais déjà condamnée à vie.

2

Maxime, Gouverneur de la Base 3, Planète coloniale de Prillon, Secteur 901

LE BRUIT de lourdes bottes de combat emplit le couloir étroit. Mes pas étaient impatients, trop impatients et, pourtant, je n'arrivais pas à m'efforcer et ralentir l'allure alors que je me ruais vers la station de commandement. La gardienne Égara, la femme qui se chargeait du nouveau Centre du Programme des Épouses Interstellaires sur Terre, m'attendait pour me parler. J'étais persuadé qu'elles avaient des nouvelles à m'apprendre concernant une partenaire potentielle pour l'un des guerriers éprouvés qui étaient sous mes ordres. Des nouvelles que ceux d'entre nous qui étaient condamnés à vivre dans la Colonie avaient vraiment besoin d'entendre.

« Ryston, » lançai-je en regardant mon second, ami et frère d'armes d'un air sinistre.

Ryston Ryall se joignit à moi. Couvert de la tête aux pieds

de l'armure noir et marron des guerriers prillons, sa présence me rassurait et m'inquiétait à la fois.

« Il paraît que des nouvelles sont arrivées de la Terre, » dit-il d'un air sombre.

Malgré la couleur or pâle de ses cheveux et de ses yeux, son regard était noir. Rejeté par sa famille après avoir été secouru, il n'était plus que l'ombre de lui-même. Violent. Amer. Imprudent et imprévisible. Une mauvaise nouvelle ne ferait rien pour arranger son tempérament ou son humeur du moment.

« J'y vais aussi, mon frère. Sois patient. Je ne sais pas ce que la gardienne Égara va dire. »

Je lui donnai un coup affectueux sur l'épaule. C'était mon ami le plus loyal et mon meilleur allié sur la base. Je n'aurais fait confiance à personne d'autre avec une partenaire, malgré sa morosité actuelle. C'était un valeureux guerrier, honorable en tous points. J'étais persuadé que la présence d'une femme saurait chasser les ténèbres de son cœur et le ramener à la vie.

« Elle va sans doute nous annoncer qu'aucun de nous n'est compatible et qu'on est bien bêtes d'espérer. »

Son sarcasme était plein de douleur, mais il ne parvenait pas à me cacher sa lueur d'espoir. S'il n'avait pas eu cet espoir, il ne se serait pas précipité pour être à mes côtés lorsque j'entendrais cette nouvelle.

« Ça impliquerait que je ne suis pas parfait, Ryston, et tu sais bien que c'est une pensée absurde. »

Le petit rire de Ryston fut ma seule réponse, mais ses épaules et sa nuque se détendirent légèrement. J'étais content de l'avoir à mes côtés pour affronter les nouvelles de la Terre, quelles qu'elles soient. En tant que gouverneur de la Base 3 ; c'était mon devoir de donner l'exemple pour les autres guerriers contaminés de la Colonie. C'étaient tous des hommes bien, des guerriers qui avaient servi leurs planètes avec honneur, avaient combattu la Ruche et souffert aux mains de nos ennemis. Nous portions tous les cicatrices de ce combat, car quand la Ruche capturait quelqu'un, elle tentait de le faire changer de camps. Les Unités d'Intégration de la Ruche torturaient les soldats de la Coalition, les convertissant en de nouvelles machines que la Ruche pouvait ensuite déployer et contrôler, des armes sur pattes. Ceux qui avaient la chance de survivre à tout ça et de regagner nos unités l'esprit intact étaient condamnés à un sort qui, pour certains, était pire que la mort : ils étaient bannis. Car la technologie de la Coalition Interstellaire avait beau être très avancée, certaines choses ne pouvaient toujours pas être changées.

Les implants cybernétiques microscopiques, les implants optiques, les filaments placés dans le cerveau, les fibres musculaires développées, la chair de cyborg et l'intelligence artificielle se mêlaient à nos corps au niveau cellulaire, ne faisaient plus qu'un avec notre ADN. Pendant des siècles, les soldats de la Coalition sauvés des Unités d'Intégration de la Ruche avaient simplement été exécutés. Mais il y a près de soixante ans, le père du Prime Nial avait établi la Colonie, où les guerriers contaminés pouvaient finir leur vie en toute sécurité, loin de potentielles interférences de la Ruche et de son contrôle.

La sécurité, ce n'était pas si bien que ça. La Colonie était devenue une prison plutôt qu'une bénédiction, les guerriers condamnés à vivre leurs vies sans espoir de rentrer chez eux ou d'avoir une partenaire, dans une lutte incessante pour une vie honorable. Peu de femmes combattaient pour la Flotte. Moins encore étaient capturées par la Ruche. Celles qui y réchappaient étaient elles aussi envoyées ici. Mais il y en avait si peu, elles étaient si rares, qu'un homme pouvait passer des mois, voire des années, sans voir de chair féminine. Nous étions craints par notre propre peuple et oubliés par les autres planètes, celle pour qui nous avions tant sacrifié afin d'assurer leur protection. Oubliés jusqu'à ce que d'autres mondes se mettent à envoyer leurs guerriers ici à leur tour.

À présent, les guerriers contaminés et bannis dans la Colonie incluaient des Atlans, des Trionotes, des Everiens, des guerriers prillons et vikens et, récemment, une poignée de soldats humains venus de la Terre. Divisée en huit bases, la Colonie était dirigée par huit gouverneurs et un Prime. Les gouverneurs étaient choisis, comme l'étaient tous les leaders de Prillon, par la bataille et par le sang. C'était la loi du plus fort. Ils dirigeaient par l'exemple.

Et à présent, c'était mon tour. En tant que gouverneur de la Base 3, c'était à mon tour de trouver une partenaire et ce dont tout le monde parlait. Si le plus fort d'entre nous ne trouvait pas chaussure à son pied, alors les autres n'avaient aucun espoir. Lorsque le prince Nial était devenu Prime, la Colonie était devenue plus vivante, plus optimiste. Car le nouveau Prime de notre planète était lui aussi contaminé. Malgré ses imperfections, il s'était trouvé une partenaire belle et soumise, une partenaire assez forte pour accepter qu'il la revendique dans l'arène de Prillon Prime, un événement auquel des millions de gens avaient assisté. Comme les autres, j'avais regardé la diffusion en direct qui le montrait avec son second, Ander, en train de revendiquer le corps de leur partenaire sur le champ de bataille taché de sang comme les guerriers de légende.

À ce souvenir, mon sexe se contracta, car le prince Nial et son épouse, Dame Jessica Deston, avaient visité la Colonie peu de temps avant cette bataille finale. Dame Deston était elle aussi une guerrière et avait critiqué fermement les lois de Prillon. Elle s'était juré d'aider les guerriers contaminés à trouver des partenaires. Elle nous avait donné un nouveau nom – vétérans – et avait affirmé que nous méritions honneur et respect. Elle nous avait donné du courage à tous. Et elle avait tenu promesse, en acceptant son compagnon contaminé devant des millions de personnes.

La gardienne Égara de la Terre avait contacté la Colonie seulement quelques jours plus tard pour entamer les protocoles du Programme des Épouses Interstellaires pour nos guerriers. J'étais le troisième guerrier à avoir passé les tests, une expérience dont je me souvenais peu, à part que je m'étais réveillé à regret et que j'avais une érection dure comme du béton dans ma main.

Comme les autres gouverneurs et une poignée de guerriers respectés de la Colonie, je m'étais soumis à ces tests quelques semaines plus tôt. Même si j'avais du mal à croire qu'une femme puisse accepter un guerrier contaminé tel que moi comme compagnon, je n'avais pu m'empêcher d'avoir le cœur battant lorsqu'on m'avait convoqué ce jour-là.

Si un guerrier de la Colonie était compatible avec une femme, nous aurions tous l'espoir de trouver une partenaire. Les soldats, marqués par la guerre et bannis de leurs planètes, pourraient enfin se laisser aller à l'optimisme.

Nous tournâmes au détour d'un couloir et vîmes que tout le monde nous attendait dans un silence pesant dans la station de communication. Les mots de la gardienne pourraient soit nous sauver, soit condamner tous les habitants de la planète.

Sur le grand écran situé à l'avant de la pièce, le joli visage de la gardienne Égara apparut. Mais de profondes rides lui marquaient les yeux et son regard était plus sombre que je ne l'avais jamais vu.

« Gardienne Égara. Salutations. Nous sommes heureux de vous revoir. »

La gardienne était récemment venue sur la Colonie pour nous faire passer les premiers tests et nous avions dû la garder sous clé, pratiquement une prisonnière. Sa présence donnait aux mâles célibataires de la planète envie de la revendiquer.

« Gouverneur Rone, j'aimerais pouvoir en dire autant, dit-elle avant de fermer les yeux et de prendre une grande inspiration, comme si elle se préparait avant de parler. Maxime, j'ai besoin de votre aide. »

Mes mains formèrent des poings avant que je ne puisse contrôler ma réaction.

« Tout ce que vous voudrez, Madame. »

À côté de moi, Ryston avait les épaules tendues, la main posée sur le pistolet à ions qu'il avait à la hanche. La pièce était plongée dans le silence. Une femme en détresse – même à des années-lumière d'ici – rappelait à tous les hommes de la pièce des instincts basiques et primaires qui nous auraient fait grogner si nous n'avions pas eu peur de l'effrayer.

Mais après tout, elle avait été accouplée à deux guerriers prillons. Notre agressivité la consolerait peut-être, au lieu de l'effrayer.

« Ce n'est pas pour moi, dit-elle en nous regardant tout à tour, Ryston et moi. C'est pour quelqu'un d'autre. Une Épouse. Une Épouse de la Colonie.

La nouvelle me fit battre le cœur à cent à l'heure.

« Une compatibilité a été trouvée ?

— Oui, mais elle a refusé le transport. »

La gardienne Égara se leva de sa chaise face à l'écran de communication et fit les cent pas devant nous. Derrière elle, je reconnus les installations d'un Centre de Préparation, avec son matériel médical, ses murs blancs et stériles et sa table d'examen.

Ryston fit un pas en avant, les sourcils froncés.

« Comment peut-elle refuser ? Je ne comprends pas. »

La gardienne Égara leva les yeux au ciel.

« Les lois de la Terre ne sont pas toujours très logiques. Et elles ne se sont pas encore adaptées aux coutumes de la Coalition Interstellaire. Les Terriens ne comprennent pas ce qui se joue... »

Sa voix se perdit dans le silence et elle croisa les bras sur sa poitrine. Je détournai les yeux de l'écran et regardai le guerrier humain assis à la station de contrôle aérien. Il était extrêmement intelligent et très apprécié ici dans la Colonie. C'était le seul humain de la pièce capable de nous expliquer ce qui se passait.

« Trevor ? »

Trevor quitta le visage inquiet de la gardienne des yeux et regarda celui de Ryston, plein de colère, et le mien. Je ne savais pas du tout ce qu'il y lisait.

« Elle a raison, dit-il. Les lois de la Terre sont complètement dingues et ont plus à voir avec la politique qu'avec la justice, j'en ai bien peur. »

Il regarda l'écran et ajouta :

« Avec qui est-ce qu'elle a des problèmes ? Le FBI ? »

La gardienne secoua la tête.

« Non. Avec GloboPharma et la commission sanitaire.

— Eh merde. »

Trevor poussa un sifflement qui me fit bouillir le sang et me regarda sans fléchir, puis il ajouta :

« Elle est dans la merde. »

Je ne savais pas ce que cette expression signifiait, mais ça ne semblait pas très prometteur.

« C'est aussi mon opinion, dit Égara. »

Son uniforme était gris foncé et moulait ses courbes. L'insigne sur sa poitrine disait qu'elle était la Gardienne Officielle du Programme des Épouses. Elle avait l'un des titres les plus respectés et révérés de la Flotte de la Coalition. Les guerriers qui se battaient pour défendre l'univers de la Ruche tenaient plus que tout à avoir une partenaire qui leur conviendrait parfaitement. Lors de nombreuses nuits froides et sombres sur le champ de bataille, j'en avais moi-même rêvé. Lorsque la Ruche avait capturé notre unité, lorsque les cris de Ryston avaient fait écho aux miens, lorsque les soldats courageux qui nous entouraient étaient morts ou avaient été avalés tout cru par la réalité tordue de la Ruche, j'avais rêvé d'avoir une partenaire. Rêvé d'une peau douce et d'une chatte chaude et humide. De ses cris de plaisirs alors que je l'emplirais tandis que Ryston jouerait avec son corps. Cet espoir m'avait maintenu en vie pendant ces jours maudits. L'espoir de trouver chaussure à mon pied.

Et pourtant, cette épouse humaine niait sa place dans l'univers, niait l'importance qu'elle avait dans le cœur et l'esprit des guerriers qui avaient souffert plus que n'importe qui, niait les compagnons qui lui avaient été attribués ?

Une colère froide s'empara de mon corps et me courut dans les veines comme de la glace fondue sur une rivière en hiver. Cette humaine n'avait aucune idée de ce qu'elle faisait. On aurait dit qu'elle luttait contre un ennemi, en sachant qu'elle ne pouvait pas gagner. Je ne remettais pas son courage en cause, seulement son intelligence. Elle préférait se sacrifier plutôt que d'accepter le compagnon qui lui correspondait ? La toute première Épouse attribuée à un guerrier de la Colonie, et elle se *refusait* à lui ?

Un nouveau rejet blesserait plus les guerriers qu'une simple absence de compatibilité et c'était parfaitement inacceptable.

« Dites-moi comment nous pouvons vous aider, Gardienne. Un refus démoraliserait la planète tout entière.

— Je sais. Mais elle a placé tout son espoir dans le système judiciaire terrien, dans un nouveau procès. Elle prétend être innocente du crime qu'on l'accuse d'avoir commis et elle refuse de prendre le transporteur. »

Alors elle ne voulait pas du tout devenir une Épouse.

« Vous croyez en son innocence ?

— Oui. Et sa détermination pour obtenir justice est admirable, mais ça n'a pas d'importance. »

Égara se tourna vers l'écran, son visage de nouveau face à

nous, emplissant la pièce du sol au plafond, sa projection presque aussi grande que mon corps.

« Je n'arrive pas à croire que je dise ça, reprit-elle, mais il faut que vous veniez sur Terre. Il faut que vous la fassiez échapper de prison.

— Et comment on va bien pouvoir faire ça ? demanda Ryston. Les autorités humaines nous laisseront faire ? »

Évidemment, il avait utilisé le mot nous. Il savait que je m'y rendrais et il savait que je n'allais jamais seul à la bataille.

« Non. Elles ne vous viendront pas en aide, mais peu importe. Il faut qu'on la sorte de là. J'ai reçu un coup de fil de son avocat, aujourd'hui. C'est un type bien, mais elle refuse de l'écouter, lui aussi. Elle était en sécurité en isolement jusqu'à présent. Le juge a refusé de la maintenir séparée des autres détenues.

— Des autres détenues ? répéta Trevor. Si elle est vraiment innocente, elle va se faire manger toute crue. »

La gardienne ne semblait pas amusée par la situation.

« C'est encore pire. C'est une lanceuse d'alerte et elle a des preuves qui pourraient faire tomber beaucoup de gens importants. Si on ne la sort pas d'ici sous trois jours, le moment où il est prévu qu'elle rejoigne les autres détenues, il est très probable que quelqu'un l'attende pour la tuer. »

Je regardai Trevor pour qu'il me traduise ce qu'elle disait. Même si l'UPN que j'avais dans le crâne me permettait de comprendre la gardienne à la perfection, certaines de ses tournures de phrases m'échappaient.

Il sembla comprendre que j'étais perdu.

« Sur Terre, certains prisonniers sont gardés en isolement pour leur sécurité en attendant leur procès. Les prisons sont comme des communautés derrière des murs épais et des fils barbelés et des endroits dangereux. Depuis l'extérieur, quelqu'un peut payer un autre criminel, un détenu, pour qu'il fasse du mal à un autre prisonnier. Pour qu'il le tue. »

Je serrai la mâchoire et vis Ryston se crisper.

« Quand quelqu'un a déjà été condamné à la prison à vie, commettre un meurtre de plus ne changera rien à sa condamnation. Mais avoir de l'argent et des relations à l'extérieur peut améliorer leur vie à l'intérieur. »

C'était pareil pour les guerriers d'ici. Certains, comme moi, avaient la chance d'être restés en contact avec leurs familles sur Prillon. Ma mère m'envoyait des friandises par transporteurs, ainsi que des vidéos et des photos de ma famille. Des messages. Mais d'autres ne recevaient que du silence, aucun soutien, aucune communication. C'était comme s'ils n'existaient pas. Être condamné à vie, c'était une chose que les guerriers de la Colonie comprenaient.

Trevor bougea dans son siège.

« Quand elle sera mêlée aux autres détenues, elle ne sera plus protégée. Elle vivra avec des meurtrières et des criminelles endurcies. Si l'une d'entre elles veut sa mort, elle n'aura aucune difficulté à l'atteindre. Elle ne survivra pas plus de quelques jours. »

Ses explications étaient utiles et je n'avais pas besoin d'en savoir plus. Nous nous rendrions sur Terre, immédiatement.

« Nous nous rendons immédiatement au transporteur, Gardienne. Veuillez entrer les codes de l'appareil pour nous.

— Très bien. Merci. »

Elle tendit la main pour couper la communication, mais je l'interrompis pour lui demander un dernier détail.

« Gardienne Égara, si je puis me permettre, de qui est-elle la partenaire ? »

Le sourire de la gardienne était plein de pitié.

« Je suis navrée, Maxime. C'est la vôtre. »

3

*R*achel, Prison de Carswell, Cellule d'Isolement

J'ÉTAIS ASSISE sur le lit, la seule surface à peu près moelleuse de ma cellule, ma couverture en laine rêche enveloppée autour de moi. J'avais les genoux repliés sur le menton, le dos collé au mur. J'étais seule, le silence presque assourdissant. Même avec un mur en barreaux donnant sur le long couloir principal, tout était calme. L'unique petite fenêtre était tellement haute que même en me mettant debout sur le lit, je ne parvenais pas à voir dehors. Je le savais, car j'avais essayé. Je pouvais voir le ciel, savoir s'il y avait du soleil ou des nuages, mais pas le sol. Je ne savais même pas sur quoi donnait ma cellule.

J'avais entendu dire que cette section de la prison avait été créée comme ça exprès. Nous étions entrés par un tunnel souterrain et avions tourné plusieurs fois avant de nous arrêter. Le chemin entre le bus de la prison et l'aile de détention comptait encore quelques détours et aucune fenêtre. Il était impossible de se repérer. Impossible de voir le sol.

Si je ne gagnais pas mon procès en appel, je ne verrais plus jamais rien d'autre du reste du monde, à part quelques nuages, pendant ces vingt-cinq prochaines années. Cette idée suffisait à faire perdre la raison à beaucoup de monde, ou à les pousser au suicide. Qu'était la vie, si l'on ne pouvait pas la vivre ? Les vêtements étaient mornes, la cellule était morne, la nourriture plus morne encore. Il ne restait rien.

Mais j'avais espoir. Bon sang, je m'agrippais à lui de toutes mes forces. Qu'est-ce que j'avais d'autre ?

Les preuves qu'avait mon avocat me libéreraient. Elles prouveraient mon innocence. Cette clé USB était la seule chose qui se trouvait entre moi et l'enfer. En attendant, je patientais. Jour après jour de rien.

Je me passai la main sur le visage en tentant de penser à quelque chose... n'importe quoi qui ne soit pas en rapport avec mon dossier, ma petite cellule, ma nouvelle vie. Il m'était facile de penser au rêve du test, car il avait été parfait. Dedans, j'étais libre, sans barreaux ni murs en béton. Deux hommes avaient eu désespérément envie de moi. Je m'étais sentie désirée. Bon sang, j'avais vraiment eu besoin de ça. Et les choses qu'ils m'avaient faites !

Je n'étais pas une prude. Je savais où se trouvait mon clitoris et je m'assurais que mes amants le sachent eux aussi. Et des amants, j'en avais eu plusieurs, mais jamais deux à la fois comme dans le rêve. Ça avait toujours été l'un de mes fantasmes. Quelle femme ne rêverait pas de deux hommes qui savaient exactement ce qu'ils faisaient ? Et elles n'avaient pas subi le test du Programme des Épouses Interstellaires, contrairement à moi.

Nom de Dieu, c'était torride. Deux fois plus torride.

Mes tétons durcirent et mon clitoris se mit à me lancer rien qu'en me souvenant de leurs mains, de leurs bouches, de leurs sexes.

Le rêve persista dans mon sang et j'eus envie de me

caresser, en sachant que je mouillais. Le besoin que je ressentais de le faire me poussa à glisser les mains entre mes jambes. Je me souvins que les gardiens me surveillaient et je les retirai. Je ne voulais pas gâcher ce rêve en me touchant pendant que les gardiens mataient. Je me toucherais pendant la nuit, quand ils éteignaient les lumières. Encore et encore.

Bon sang, même mes orgasmes étaient sous contrôle. Et mornes. Même si je glissais les doigts autour de mon clitoris, ça ne serait pas aussi bien que ce que les deux hommes de mon rêve m'avaient fait. Pendant vingt-cinq ans, je me masturberais dans le noir. Rien d'autre.

Et immédiatement, je me remis à m'apitoyer sur mon sort.

Je devrais peut-être appeler la gardienne Égara et partir. Laisser tout ça derrière moi. Les avocats et les gardiens de prison. La culpabilité.

Étrangement, les poils de mes bras se hérissèrent comme si la foudre avait frappé quelques secondes seulement avant que j'entende des voix. Elles étaient étouffées, mais graves. Ce n'était pas l'heure du déjeuner, et je n'avais pas entendu le bip sonore qui indiquait que la porte de l'étage avait été déverrouillée. Une personne, ou deux, marchait d'un pas rapide le long du couloir.

« Comment est-ce qu'on saura que c'est elle ? »

Je bondis sur mes pieds, curieuse. D'ordinaire, rien ne venait rompre la monotonie de ce lieu sordide.

« La gardienne Égara a dit qu'on le saura d'instinct. »

Les voix devinrent plus fortes. J'entendis d'autres détenues les appeler. De la porte au fond du couloir, quatre cellules se trouvaient avant la mienne, deux après.

« Non... Non... Non... »

On aurait dit qu'ils jouaient au jeu du mouchoir.

Lorsque les deux hommes imposants arrivèrent devant mes barreaux, ils s'immobilisèrent. Leurs yeux étaient braqués sur moi et me parcouraient de la tête aux pieds. J'eus comme l'impression que nous n'étions séparés par rien et que leurs mains étaient sur mon corps.

« C'est elle, » dit le plus grand à l'autre.

Ils se saisirent de leurs pistolets, des armes que je n'avais jamais vues. Elles étaient plus petites que des pistolets classiques, faites dans un métal très brillant et elles ne feraient sûrement pas le poids contre les fusils qu'avaient certains des gardiens.

Dire que le deuxième homme était petit eu été absurde, car ils étaient très grands. Très, très grands. Le *plus petit* des deux faisait facilement deux mètres. Ils ressemblaient à un croisement entre Highlander et un bûcheron. Ils ne portaient pas de chemises à carreaux, mais des armures moulantes qui les faisaient ressembler à des gladiateurs sur qui on aurait placé une armure épousant leur moindre muscle. Cette étrange armure noire était teintée de marron et de vert, presque comme un motif camouflage, mais avec des dessins similaires à celles du marbre.

L'un d'entre eux avait des cheveux cuivrés et une peau foncée, l'autre était blond et avait la peau pâle. Et des prothèses à la Terminator. Mais ce n'était pas le moment de m'y attarder. Le plus mat avait des yeux couleur chocolat au lait, le blond des iris couleur ambre. Mais aucun d'entre eux n'était humain. Leurs pommettes anguleuses et leurs yeux aux drôles de formes leur donnaient un air juste assez bizarre pour que mon cœur se mette à battre la chamade, paniqué. Mais leurs carrures massives et leurs corps musclés faisaient crier de joie ma chatte. Je connaissais ces traits, ces mains gigantesques. C'était la race de guerriers extraterrestres que j'avais vue dans mon rêve au Centre de Préparation des Épouses. Et grâce à la gardienne Égara et à ses machines, la seule chose à laquelle je pouvais penser alors qu'ils approchaient, c'était la taille de leurs sexes... et ce que ça me ferait d'être prise en sandwich entre eux deux.

Mon corps réagit viscéralement. D'accord, ils étaient très beaux. D'accord, ils respectaient tous les critères de ce que je recherchais chez un homme. Fois deux. Mes paumes étaient moites et mon cœur sauta littéralement un battement, mais je ressentis une connexion avec eux, comme si un fil invisible nous reliait. C'était plus que le rêve du Centre de Préparation, c'était instinctif. Plus profond.

J'avais l'impression de les *connaître*.

« Rachel Pierce de la Terre. Je suis Maxime, et voici Ryston. Nous sommes tes compagnons de la planète Prillon Prime. »

Oh mon Dieu. Ils étaient *à moi* ? Mes compagnons avec lesquels j'étais compatible.

Je n'arrivais pas à bouger. Mes pieds semblaient être fixés au béton, comme mon lit et mon tabouret.

« Qu'est-ce que vous faites ici ? » murmurai-je.

Je tordis le cou pour essayer de regarder derrière eux, persuadée que les gardiens allaient arriver. Comment avaient-ils fait pour esquiver la sécurité ?

« Nous venons te revendiquer, dit le plus mat. Nous allons t'emmener avec nous. Maintenant.

— M'emmener... vous n'êtes pas sérieux. »

Je regardai les barreaux et sus que c'était impossible. Les gardiens ne me relâcheraient pas pour que je m'enfuie avec ces types. Impossible. Et je n'arrivais pas à décider si cela me soulageait ou si me décevait.

« Sur notre transporteur. »

Un transporteur ? C'était de la folie. Étais-je en train de devenir folle et d'avoir des hallucinations à force de rester seule ? M'étais-je remise à rêver ?

Ils semblaient avoir foi en ce qu'ils disaient. Ils ne guettaient pas les gardiens et ne semblaient pas craindre de les croiser de sitôt.

« Mais j'ai dit que je n'étais pas prête. Je ne veux pas devenir une Épouse. J'ai... j'ai refusé cet accouplement. »

En regardant ces deux-là, je me demandais bien pourquoi. Si mes compagnons, c'était eux, quitter la planète n'était peut-être pas une mauvaise idée.

Non. Non ! Je devais blanchir mon nom, retrouver ma vie sur Terre. Je voulais avoir le choix, et là, je n'avais pas l'impression d'en avoir.

Mais la prison n'était pas envisageable non plus. Ce n'était pas quelque chose que j'avais choisi.

« Nous en discuterons une fois au centre de transport. »

C'était celui à la peau mate, Maxime, qui avait dit cela. Seulement lui. L'autre, le doré appelé Ryston, resta stoïque à côté de lui. Même si visiblement, ce n'était pas lui le meneur, il était évident qu'il s'agissait tout de même de quelqu'un d'important.

« Le centre de transport ? »

J'étais une scientifique. J'avais deux diplômes avancés et pourtant, j'en étais réduite à répéter tout ce qu'il disait comme un perroquet.

« Ta vie est en danger et nous ne permettrons pas que ta naïveté concernant la justice te coûte la vie. Nous t'emmenons avec nous pour ta protection. »

J'éclatai de rire.

« C'est bien bon de votre part, mais vous oubliez une chose, dis-je en montrant les barreaux qui nous séparaient. Je suis prisonnière ici. On ne vous laissera pas m'emmener.

— Tu crois que de l'acier va nous empêcher de t'atteindre ?

— Eh bien, oui, en fait » rétorquai-je.

Le plus mat, Maxime, s'approcha des barreaux, en prit un dans chaque main et me sourit en les écartant comme s'il s'était agi d'aluminium.

Je titubai en arrière, me cognai dans le bord en métal du lit et me laissai tomber sur le matelas.

Lorsque l'autre homme, son second, se joignit à ses efforts, les barreaux furent écartés en quelques secondes, comme dans un film de super héros.

Si j'avais eu le temps de cogiter, j'aurais trouvé tout ça super sexy. Mais le drôle de son que produisait l'acier tordu n'était pas la seule chose que j'entendais. Le bip au bout du couloir m'indiqua que le sas était en train d'être ouvert. Un autre son, que je n'avais encore jamais entendu, mais qui ressemblait beaucoup à une alarme, retentit. Je grimaçai en entendant ce bruit strident, mais ces hommes me fascinaient.

Maxime se faufila par l'entrée qu'il avait créée, suivi par Ryston. Ma cellule était déjà petite, mais avec eux à l'intérieur, j'avais l'impression que nous nous trouvions dans un dé à coudre. Je reculai dans un coin, apeurée. Fantasmer sur eux, c'était une chose, mais qu'ils me fassent évader de prison pour me kidnapper et m'emmener sur une autre planète, ça n'avait rien à voir.

« N'aie pas peur de nous, dit Maxime. N'aie *jamais* peur de nous. »

Il me tendit la main et m'attrapa par le bras. Son geste était doux, mais il me tira tout de même avec fermeté pour que je me lève du matelas.

« Prise de contact effectuée. En route pour le transport, » dit Ryston alors qu'un bruit de bottes qui claquaient contre le béton approchait de la cellule. Il parlait dans une espèce d'unité sur son poignet. La dernière chose qui me traversa l'esprit, avant qu'un bourdonnement emplisse l'espace, que mes poils se dressent sur mes avant-bras et que les cris des gardiens retentissent par-dessus l'alarme assourdissante, c'était que j'avais été accouplée à deux hommes sortis tout droit de *Star Trek*.

Capitaine Ryston Ryall

Cette terrienne était notre partenaire ? Lorsque nous nous étions arrêtés devant sa cellule de prison, il avait été dur de bouger. J'avais demandé à Maxime comment nous ferions pour savoir quelle femme nous recherchions. J'avais vite repéré six cellules lorsque nous nous étions transportés à l'intérieur du couloir. Il aurait été plus facile de nous transporter directement dans la cellule de notre partenaire, mais la gardienne Égara ne savait pas laquelle elle occupait. Alors, au lieu d'atterrir au mauvais endroit, nous avions préféré parcourir le couloir et nous fier à l'instinct pour la trouver.

Et pourtant, alors qu'elle se tenait devant nous avec les yeux écarquillés, clairement attirée par nous, tout comme nous étions attirés par elle, elle avait peur. Son pouls se mit à battre à toute allure dans le creux de son cou. Le fin tissu orange qu'elle portait ne suffisait pas à cacher sa douce odeur féminine, ni l'arôme reconnaissable entre mille de son désir.

Les barreaux qui nous séparaient, les humains qui voulaient nous empêcher de nous voir, la fierté que notre partenaire portait comme un bouclier, rien de tout ça ne nous empêcherait de l'approcher.

Apparemment, Maxime était du même avis, car il passa les mains autour des barreaux en acier et tira. Je me plaçai à côté de lui pour l'aider, impatient d'atteindre notre partenaire. Les barreaux ne faisaient pas le poids face à notre force améliorée de cyborgs. Pour une fois, les implants de la Ruche servaient à quelque chose de positif. Les guerriers prillons étaient connus pour leur force, mais avec ces implants dans chaque groupe musculaire, nous étions des monstres, plus forts encore que les guerriers atlans en plein mode bestial.

Les mains tremblantes de notre partenaire étaient la seule chose qui empêcha un grognement sourd de quitter ma gorge lors que nous entrions dans sa cellule. Je parvenais pratiquement à la goûter dans l'air, à sentir la chaleur humide de son sexe, qui me donna une érection immédiate.

Mienne. Mienne. Mienne. Je ne m'étais pas attendu à avoir une réaction aussi forte face à une femme.

C'était comme si quelqu'un avait plongé la main dans ma poitrine pour me comprimer le cœur. J'avais été torturé, les parties de mon corps prillon remplacées par la technologie de la Ruche. J'avais été séquestré et je ne pouvais pas tolérer que l'on retienne ma partenaire prisonnière. Je savais ce qu'était la douleur, je connaissais mon corps, mais je n'avais jamais ressenti ça. C'était comme si une part de moi, qui avait été manquante sans que je ne m'en sois jamais rendu compte, vienne d'être retrouvée.

J'étais enfin complet. Le fait que j'aie un implant optique ou des améliorations cellulaires à chaque muscle n'avait plus d'importance. J'étais enfin en paix. Aucun barreau ne pouvait nous séparer de ce qui nous appartenait. Rachel Pierce était à moi. Oui, je la partagerais avec Maxime et j'étais content d'avoir un grand et noble guerrier pour m'aider à m'occuper d'elle. J'étais honoré qu'il m'ait choisi comme second. Mais alors que je regardais Rachel, avec ses cheveux bruns et brillants et sa peau veloutée, son joli visage et ses lèvres pleines, son corps plein de courbes parfaitement désirables, je n'avais pas envie de jouer sur les mots.

La seule chose que je voulais, c'était lui retirer ce satané uniforme de prisonnière et la remplir de mon sexe. Elle serait chouchoutée et nourrie. Je la baignerai et lui apporterai à manger, la protégerai et apprendrai tous ses secrets. Elle *m'appartenait.*

Ma réaction me choqua. Et ce n'était pas avec moi qu'elle était compatible. Je ne pouvais même pas imaginer ce que pouvait ressentir Maxime face à elle. Alors je pris ma place de second et le regardai tendre la main vers elle.

Si cette proximité le faisait souffrir comme moi, il serait sans doute prêt à tout pour la toucher, pour entrer en contact avec elle. Maxime tendait le bras vers elle alors que je me plaçais entre lui et le couloir – et les gardiens humains que j'entendais remonter le couloir vers nous. Il était temps de se tirer de là.

« N'aie pas peur de nous. N'aie *jamais* peur de nous. »

Je n'avais jamais entendu Maxime parler comme ça. Je l'avais entendu aboyer des ordres sur le champ de bataille, débattre de politique lors de réunions à la base et crier de rage et de douleur sous la torture. Je l'avais entendu rire et taquiner d'autres soldats.

Je ne l'avais jamais entendu murmurer avec un tel désir dans la voix.

Bon sang. Le désir que je ressentais pour elle était douloureux. Mais Maxime ? J'ignorais comment il faisait pour se maîtriser, comment il faisait pour résister au besoin impérieux de jeter cette petite femme par-dessus son épaule et l'emmener contre son gré.

Le soulagement m'envahit lorsque Rachel plaça sa petite main dans celle de Maxime, sa première marque de confiance, d'acceptation de ce que nous lui disions. Sans une hésitation, je contactai la gardienne Égara dès que Maxime se fut emparé de notre partenaire.

« Prise de contact effectuée. En route pour le transport. »

Je ne pouvais pas lui en vouloir de sa méfiance. Moi aussi, j'aurais douté à la place de Rachel, si quelqu'un avait débarqué d'une autre planète pour me faire enfuir de ma prison.

Je gardai un œil sur les barreaux, m'assurant que rien ne nous menaçait en attendant que les balises de transport de nos uniformes s'activent et que je sente le tiraillement étrange du transporteur nous emporter vers l'entre-deux, les ténèbres où l'on existait durant ces quelques instants avant d'émerger de l'autre côté.

Lorsque nous arrivâmes au centre de transport, Rachel bégayait, les jambes en coton.

Notre petite partenaire semblait être une force de la nature, résistante, obstinée et un peu sauvage. Mais maintenant, en la voyant si vulnérable, les yeux écarquillés, son petit corps affaibli, tous mes instincts protecteurs se réveillèrent. Elle était petite, tellement plus petite que Maxime et moi. Et techniquement, nous venions de kidnapper une femme humaine. Les tribunaux humains n'auraient sans doute que faire de notre raisonnement. Pour un humain, il s'agissait d'un enlèvement ; pour Maxime et moi, d'une mission de sauvetage.

Et pourtant en cet instant, dans le Centre de Préparation, loin des gardes et du risque de nous faire arrêter à des milliers de kilomètres de là, il y avait toujours des barrières entre moi, Maxime et notre partenaire. Plus des barreaux tangibles, mais l'obstination d'une femme perdue.

Nous ne pouvions pas la ramener à la Colonie avec nous, sauf si elle donnait son accord. Volontairement, sans qu'on lui force la main. Nous pouvions la faire échapper de prison pour sa sécurité, mais nous ne pouvions pas lui faire quitter la Terre contre son gré.

Nous y parviendrons, car il était hors de question que je quitte la Terre sans elle. Mon cœur ne le permettrait pas et mon sexe non plus. Et je n'étais que le second de Maxime. Je détachai les yeux de Rachel Pierce et regardai mon frère d'armes et pu lire dans ses pensées. Il ne laissait rien paraître, une compétence qu'il avait apprise au cours d'années de combat, qu'il avait perfectionnée sous la torture de la Ruche, et qu'il avait mise à l'épreuve en tant que gouverneur de la Base 3.

« Rachel, je suis contente de vous revoir, » dit la gardienne Égara en se plaçant entre nous et en lui serrant la main.

Maxime grogna et elle recula. Elle ne semblait pas effrayée, mais se rappelait sans doute les protocoles en place avec les

Prillons. Personne ne devait jamais s'interposer entre un guerrier et sa partenaire.

C'était peut-être le transport, mais les yeux de Rachel Pierce semblaient un peu flous.

« Est-ce que ça va ? » lui demandai-je en me penchant alors que Maxime la soutenait.

J'avais envie de m'emparer de ses lèvres pulpeuses, de la goûter, mais ce n'était pas le moment. Ses yeux bruns, un peu plus clairs que ceux de Maxime, me dévisagèrent lentement, comme si elle avait dû mal à digérer ce qu'elle voyait.

Durant un instant, je craignis que notre apparence ne lui fasse peur. Nous n'étions pas humains. Nous ne ressemblions pas aux hommes qu'elle connaissait.

Se refuserait-elle à nous ?

Je reculai, paniqué par cette idée. Mais Maxime continua de la prendre doucement par la taille et elle ne le repoussa pas. L'inquiétude disparut du visage de Rachel. Elle avait été désignée comme partenaire idéale de Maxime. Ils étaient compatibles. Même si notre apparence la perturbait, cela passerait avec le temps. Nous aurions le temps de la séduire. De la toucher. De la caresser. De lui donner du plaisir.

Je n'osais pas la toucher pour l'instant, car même si j'allais devenir son second, elle ne deviendrait pas ma partenaire avant d'avoir le collier autour du cou. J'en portais un, tout comme Maxime, mais en attendant qu'elle fasse de même, je craignais que Maxime ait du mal à maîtriser l'instinct d'accouplement qui devait lui courir dans les veines. Lorsque notre partenaire aurait accepté son collier, nous serions liés, tous les trois, par une connexion psychique qui nous permettrait d'apprendre à comprendre notre partenaire, à déchiffrer ses émotions et ses désirs. Nous ne pourrions pas lire dans ses pensées, mais elle ne pourrait pas nous cacher la vérité. Nous saurions si elle était excitée ou en colère, peinée ou déboussolée. Les colliers feraient de nous une famille, nous apprendraient à faire du bien à notre partenaire, à la rendre heureuse.

À la faire rester.

C'est alors que Maxime bougea, une main caressant le dos de Rachel, l'autre autour de son bras, au cas où elle avait besoin d'aide pour tenir debout.

« Qu'est-ce qui se passe ? demanda-t-elle d'une voix tremblante.

— C'est la gardienne Égara qui nous envoie, dit Maxime. Tu es en danger.

— Quoi ? Qu'est-ce que tu racontes ? »

Rachel leva une main et fit un pas en arrière. Même si je savais que Maxime pouvait l'empêcher de bouger, il la laissa s'éloigner. Elle n'irait plus jamais nulle part sans nous.

« Je peux dire quelque chose ? » demanda la gardienne Égara.

Maxime recula d'un pas et notre partenaire prit une grande inspiration tremblante en se frottant les tempes.

« Je vous en prie, Gardienne, » dit Maxime en inclinant la tête devant la femme la plus respectée de la Flotte.

Personne ne voulait offenser une gardienne, pas quand son travail nous permettait de trouver une partenaire. D'avoir une vie après la guerre de la Ruche.

La gardienne Égara ne mâcha pas ses mots et son ton était direct :

« Rachel, votre avocat a été averti que quelqu'un a mis un contrat sur vous. »

Un contrat. C'était une expression terrienne pour dire que quelqu'un souhaitait sa mort. Cette idée ne me plaisait pas et je serrai les poings. L'aspirante meurtrière se trouvait en prison, loin d'ici, mais j'avais envie d'y retourner et de traquer cette femme pour la punir d'avoir ne serait-ce qu'envisagé de faire du mal à Rachel.

« Un contrat ? Je ne comprends pas ! »

Elle passa les mains dans ses cheveux bruns et je vis qu'elle était agitée. J'avais envie de l'apaiser, mais je savais que rien de ce que moi ou Maxime pourrions faire ne marcherait. Pas pour l'instant. Une fois qu'elle aurait un collier autour du cou, nous serions capables de la calmer grâce à nos propres émotions.

« John m'a appelée. Le juge refuse de vous maintenir en isolement, » lui dit la gardienne Égara.

Son ton neutre fonctionnait bien sur Rachel. Même si elle restait préoccupée, son anxiété et sa colère n'augmentaient pas non plus.

« Vous auriez été placée avec les autres détenues dans trois jours.

— Et alors ? demanda Rachel.

— Alors, la personne qui vous a fait porter le chapeau pour ses crimes ne veut pas que vous alliez au tribunal. Vous ne survivrez pas assez longtemps pour présenter vos preuves lors de votre procès en appel. »

Rachel en resta bouche bée et elle regarda la gardienne fixement.

« Ce que vous avez découvert représente un risque pour beaucoup de gens. Vous laisser la vie sauve ne fait qu'amplifier ce risque. La vérité pourrait éclater.

— La *vérité*, je l'ai donnée à mon avocat. »

La gardienne hocha la tête.

« Oui, il me l'a dit. Il continuera de travailler sur votre dossier, de chercher à obtenir justice, mais cette lutte deviendrait superflue si vous mouriez. »

Maxime poussa un grognement et poussa Rachel derrière lui. La gardienne Égara tendit les mains.

« Je ne la menace pas, je ne fais qu'énoncer une évidence. »

La rage bouillonnait dans mon corps, mais la réaction de Maxime en disait long. Il gardait toujours son calme, en toutes circonstances. Il savait aussi bien que moi que la gardienne n'était pas une menace pour notre partenaire. Comme je l'avais suspecté, les courbes de Rachel, sa proximité et son odeur poussaient Maxime dans ses retranchements. Je ne l'avais jamais vu aussi énervé, pas même lorsque la Ruche nous torturait.

« Cinq mille dollars, Rachel. C'est tout ce qu'il faut. Si vous vous mêlez aux autres détenues, vous serez morte d'ici une semaine. »

Rachel repoussa Maxime et le contourna pour se mettre nez à nez avec la gardienne. Ces terriennes avaient vraiment des nerfs d'acier et la gardienne ne recula pas.

« Qu'est-ce que vous racontez ?

— Partez avec vos compagnons, Rachel. Vous n'êtes plus en sécurité sur Terre. »

4

yston

« Je veux parler à mon avocat. Tout de suite. »

À en juger par la lueur dans les yeux de Rachel, je savais qu'elle était catégorique. Nous ne pourrions pas quitter la planète tant qu'elle n'aurait pas parlé à son avocat.

« Très bien. »

La gardienne se tourna vers un subalterne qui nous regardait et elle lui fit signe d'accéder à la requête de Rachel.

Rachel fit les cent pas dans le centre de transport alors que nous attendions.

« Rachel ? » fit une voix par les haut-parleurs dissimulés dans le mur.

Elle leva les yeux, son joli visage illuminé par l'espoir.

« Bonjour, John. On m'a... euh... fait évader de prison.

— Oui, j'ai entendu. On m'a appelé il y a quelques minutes. »

Il marqua une pause et la pièce resta plongée dans le silence.

« La gardienne Égara a fait ce qu'il fallait. Quitter cette planète est votre seul espoir si vous voulez rester en vie.

— Mais...

— Vous seriez morte avant la fin de la semaine. Les femmes qui purgent des peines à vie n'ont rien à perdre. Elles vous tueront et elles ne souffriront d'aucune conséquence. Vous, par contre... »

Il ne termina pas sa phrase. Il n'en avait pas besoin.

« C'est n'importe quoi. C'est impossible, » dit Rachel.

Sa voix se brisa et des larmes lui roulèrent sur les joues. Je regardai Maxime pour qu'il aille vers elle, qu'il l'apaise, mais il n'en fit rien. Il ne le pouvait pas. Pas encore.

« Vous voulez mourir ? » demanda la gardienne Égara.

Rachel essuya les larmes qu'elle avait sur les joues du dos de la main.

« Bien sûr que non ! Mais je veux pouvoir décider de mon propre destin !

— Rachel, intervint l'avocat par le haut-parleur. Vous avez le choix. Soit retourner en prison et attendre qu'on vous poignarde sous la douche, ou partir vers un nouveau monde avec vos compagnons et survivre.

— Le choix vous appartient, ajouta la gardienne Égara.

— Ce ne sont pas les choix que je veux. Je veux rentrer chez moi, retrouver mon travail, mon putain de chat !

— Cette vie n'existe plus. Je vais travailler sur votre appel, je vais tenter d'obtenir justice, mais il faut que vous preniez soin de vous. Tirez-vous loin d'ici, » insista John.

Elle se tourna vers nous, ses cheveux voletant autour de ses épaules.

« Je ne vous connais pas, tous les deux. »

Maxime prit enfin la parole. Il posa la main sur son torse large et dit :

« Tu me connais dans ton cœur. Notre compatibilité est presque parfaite. Nos esprits ont besoin de temps pour s'y faire. Mais au fond, tu *sais* que je prendrai soin de toi.

— Ce n'est pas ce que je voulais, » rétorqua-t-elle.

Elle nous étudia de la tête aux pieds en croisant les bras sur sa poitrine. Tellement courageuse.

Maxime secoua lentement la tête.

« Je suis désolé, partenaire. Mais je viens de te trouver. Je ne veux pas te perdre. Je ne peux pas rester là sans rien faire alors que tu risques ta vie. »

Elle poussa un soupir et se détourna. Elle se passa une main sur le visage et poussa un grognement de frustration.

« Bon sang. C'est surréaliste.

— Vous mourrez, Rachel, répéta son avocat. Allez-y. Vous vous en foutez, de ces enfoirés. Tirez-vous de là. Vous avez l'occasion d'avoir une nouvelle vie. Vivez-la. »

Elle secoua la tête, mais l'avocat ne pouvait pas la voir.

« Ce n'est pas ma vie, dit-elle.

— Maintenant, si. »

Rachel fit volte-face et regarda la gardienne Égara.

« Le règlement du Programme des Épouses Interstellaires stipule que j'ai trente jours pour accepter mon compagnon, n'est-ce pas ? »

La gardienne hocha la tête alors que mon estomac se serrait. Je ne connaissais pas assez bien les règles pour le savoir.

« C'est exact. Vous pouvez refuser cet accouplement dans un délai de trente jours. Cependant... »

La gardienne alla vers Rachel et lui prit la main, avant de poursuivre :

« Vous êtes compatible avec un membre de la Colonie, alors si vous rejetez Maxime et son second, le centre de test vous accouplera avec un autre guerrier de cet endroit. Vous ne pourrez pas rentrer sur Terre.

— Vous, vous êtes revenue, contra Rachel. Il y a sans doute d'autres Épouses qui sont rentrées. »

Le visage de la gardienne devint lisse, cachant toute trace d'émotion.

« Oui, je suis revenue. Deux autres m'ont imitée. Chaque incident était un cas exceptionnel, qui n'avait rien à voir avec votre situation. Une femme compatible avec la planète Trion est rentrée récemment, mais son compagnon était présumé mort et elle a été transportée en plein milieu d'une bataille. Elle est depuis retournée sur Trion avec son fils. Mes compagnons ont tous les deux été tués par la Ruche et j'ai accepté d'être assignée ici pour assister les autres dans leur quête de bonheur. Vos compagnons sont vivants et ne combattent plus. La Colonie est en paix et votre compatibilité est excellente. Vous pourriez choisir d'être accouplée à quelqu'un d'autre, si ces deux-là ne parviennent pas à vous séduire, mais vous ne reviendrez pas ici.

—Faites votre choix, Rachel, dit l'avocat. Vous êtes une femme condamnée qui s'est enfuie, à présent et même si je peux tenter de calmer le jeu, plus je mets de temps à répondre, pire ce sera pour vous si vous décidez de retourner en prison. »

L'agitation de Rachel atteignit des sommets et elle reprit brutalement sa main de celle de la gardienne pour se mettre à faire les cent pas, en se tordant les mains. Je mourais d'envie de la prendre dans mes bras, mais je n'osais pas la toucher. On aurait dit qu'elle risquait de se briser au moindre contact. Et je savais également que ce qui allait suivre n'allait pas lui plaire. Maxime se leva, son visage impassible alors qu'il attendait sa décision mais le collier prillon qu'il lui avait apporté pendant mollement dans sa main. Ce collier la connecterait à nous pour former le lien le plus intime qui soit. Ses émotions deviendraient les nôtres. Elle serait intensément consciente de notre désir pour elle. Ça, combiné avec ce que Maxime devait ressentir, risquait de la submerger.

Le silence tendu s'éternisa tandis que Rachel se frottait le visage et le cou, puis se passait les mains dans les cheveux dans un geste apaisant que j'aurais aimé lui administrer. La tendresse qui montait en moi était à la fois bienvenue et complètement inattendue. Je m'étais très longtemps comporté comme un connard sans émotion. Je m'étais cru incapable de ressentir des sentiments aussi doux. Mais c'était le genre de miracles qu'accomplissait le fait d'avoir une partenaire et je priais tous les dieux pour qu'elle ne se refuse pas à nous.

« Bon, d'accord ! J'irai. »

Elle ne semblait pas convaincue, mais ça n'avait pas d'importance. Elle avait donné son accord. Une fois que nous l'aurions emmenée dans la colonie, nous pourrions lui montrer à quel point nous la désirions. À quel point nous avions besoin d'elle. Elle découvrirait ce que c'était d'être aimée et protégée par deux guerriers prillons impitoyables.

« Bonne chance, Rachel. Je tiendrai la gardienne au courant s'il y a du nouveau, dit l'avocat. Mais en attendant qu'elle fasse un rapport officiel, cette conversation n'a pas eu lieu.

— Exact, dit la gardienne Égara en se dirigeant vers la table et en prenant sa tablette, sur laquelle elle fit glisser ses doigts avant d'étudier quelque chose. Rachel Pierce, selon les protocoles de la Coalition, je dois vous poser plusieurs questions. Vous avez accepté l'accouplement effectué par le test du Programme des Épouses Interstellaires sauvegardé dans votre profil. Exact ?

Rachel regarda Maxime, puis moi, et leva le menton d'un geste résolu.

« Oui, c'est exact.

— Êtes-vous mariée aux yeux de la loi ?

— Non.

— Avez-vous des enfants ?

— Non.

— Très bien. Normalement, vous seriez préparée pour votre

planète d'adoption avant d'être transportée, mais les circonstances auxquelles nous faisons face sont exceptionnelles. Votre compagnon et son second sont ici. Alors je vous retire votre citoyenneté terrienne. Vous êtes désormais une citoyenne officielle de Prillon Prime et de sa planète secondaire, la Colonie. Vous êtes officiellement une épouse prillonne.

Un petit son s'échappa de la gorge de Rachel, mais elle ne dit rien. Sa nouvelle réalité lui apparaissait. Elle était officiellement – légalement – à nous.

« Merci, Gardienne, dit Maxime. Rachel, je te donne ma parole, nous ne te ferons jamais de mal. Tu n'as rien à craindre de moi ou de Ryston. Notre mission est de te protéger, de te chérir. De te revendiquer. »

Je la regardai déglutir, puis hocher la tête, les yeux grands ouverts.

« Tu nous appartiens, à Ryston et à moi. »

La façon dont elle réagit au mot appartenir n'échappa à personne, car elle avait plissé les yeux et avait croisé les bras sur sa poitrine.

« Nous devons assurer ta sécurité, ajouta Maxime. Tu ne peux pas te rendre sur la Colonie sans ça. »

Il lui montra le collier, qui un jour prendrait l'apparence de ceux que nous avions autour du cou, Maxime et moi. C'était un collier trinité et le cercle serait seulement complet lorsqu'elle porterait le sien.

Elle le regarda d'un drôle d'air.

« À quoi... à quoi ça sert ?

— Ça te marquera comme épouse prillonne et alertera les autres que tu as été revendiquée. »

La voix de Maxime était un grondement sourd, mais elle ne semblait pas intimidée, dieu merci. Lorsque Maxime se servait de sa voix de commandant, certains hommes adultes se pissaient dessus.

Elle regarda la gardienne Égara.

« C'est comme une alliance ? »

La gardienne haussa un sourcil et hocha légèrement la tête.

« En quelque sorte. C'est le signe que vous avez des compagnons, oui. Mais c'est un peu plus que ça.

— Je ne comprends pas, » dit Rachel en alternant les regards entre le cou de Maxime et le mien.

Son regard s'attarda sur moi alors que je répondais à sa question :

« Sans le collier, d'autres hommes nous affronteraient pour t'avoir. Il y a très peu de femmes sur la Colonie. Nous sommes des guerriers bannis, oubliés. Tu es la première épouse interstellaire qu'on nous envoie. Sans ce collier autour de ton cou, tous les guerriers qui te verraient essayeraient de te revendiquer.

— Non, dit-elle immédiatement avec véhémence.

— Je suis d'accord avec toi, partenaire, intervint Maxime en approchant et en la regardant alors que son pouls s'emballait. Tu es à moi. Je détruirai quiconque tentera de t'enlever à moi.

— Et je l'aiderai, » ajoutai-je.

Le regard de Rachel passa de Maxime à moi, mais ce n'était pas la peur qui troublait sa vision, cette fois. C'était le désir.

Elle se posa une main sur la gorge dans un geste nerveux et j'eus envie de lui attacher les mains dans le dos et de l'embrasser sur place. Mais c'est à Maxime qu'elle s'adressa.

« Tu te prends pour un homme des cavernes ? »

La gardienne Égara éclata de rire. J'ignorais ce que voulait dire la question de ma partenaire, mais la gardienne m'évita de répondre.

« Ils sont passionnés, Rachel. Mais je te le promets, ils te traiteront comme une déesse. C'est dans leur ADN, dit la gardienne en montrant le collier d'un geste du menton. Le collier te connectera à tes compagnons d'une façon difficile à expliquer. Ils seront capables de percevoir tes émotions et tu sauras ce qu'ils ressentent quand vous serez à proximité les uns des autres. »

Maxime souleva le collier et il serra la mâchoire lorsque la petite main de Rachel frôla sa peau en le ramassant dans sa grande paume.

« Fascinant, dit-elle. Comment ça fonctionne ? »

Elle leva les yeux vers moi et je fus content d'y voir de la curiosité et non de la peur.

« Je ne suis pas scientifique, partenaire. Je l'ignore. »

Maxime renchérit :

« Moi non plus. J'étais commandant. À présent, je suis gouverneur de la Base 3. Mais une fois qu'on sera arrivés, tu pourras poser toutes les questions que tu voudras au médecin. Je lui fendrai le crâne s'il ne te donne pas des réponses satisfaisantes.

— Vous êtes un peu excessifs, tous les deux, » dit-elle en caressant le collier noir.

Incrustés dans le collier se trouvaient des circuits microscopiques qui nous lieraient à jamais. Et lorsque nous la revendiquerions officiellement, le collier deviendrait de la même couleur que les nôtres. Le cuivre enflammé serait magnifique sur sa peau veloutée.

Elle poussa un soupir et leva la tête.

« Il faut vraiment que je porte ça pour y aller ? »

Elle remettait tout en question et je ne pouvais pas lui en vouloir, mais je commençais à m'impatienter. Je voulais qu'elle vienne sur la Colonie, là où personne ne pourrait nous l'enlever, là où nous pourrions la protéger. Là où elle ne pourrait pas s'enfuir.

Maxime lui adressa un sourire rare.

« Tu ne sais pas grand-chose de la Colonie. Il faut que tu nous fasses confiance. Tu es la seule chose qui nous importe, désormais. Nous ne permettrons jamais qu'il te soit fait du mal. »

Elle secoua la tête.

« Ce sont des mots forts, guerrier, dit-elle en se léchant les lèvres, mais ses yeux se reposèrent sur le collier. Des mots très forts. »

Son doute était évident, mais il n'y avait rien à faire. Elle avait été trahie par son propre peuple. Gagner sa confiance prendrait du temps. Du temps que nous aurions, une fois que nous lui aurions fait quitter cette maudite planète.

« Notre planète est constituée d'exilés, bannis parce que nous n'avions plus de place dans nos anciennes vies chez nous. Comme toi, nous avons été faits prisonniers contre notre volonté, pour des raisons contre lesquelles nous ne pouvions rien. Nous comprenons ta frustration et ta peur, » dit Maxime en s'approchant d'elle.

Il lui plaça une main sur la joue. Elle ne se pencha pas vers lui, mais ne recula pas non plus. C'était un début.

« D'accord, dit-elle en détendant les épaules. Allons-y. »

Je retins mon souffle alors que j'attendais. Et attendais. Elle souleva le collier et le plaça contre son cou. Elle souleva ses cheveux et plaça les extrémités l'une contre l'autre. Je reconnus l'instant ou le collier se scella, sans laisser de trace. Soudain, je sentis le lien d'accouplement.

Je la sentis *elle*.

Rachel

Je touchai le fin collier de métal noir. Le ruban semblait aussi banal que les morceaux de soie dont je me servais pour m'attacher les cheveux lorsque j'étais petite, mais j'avais l'impression d'être un chien à qui l'on mettait son collier lorsque je le passai autour de mon cou. Si mes compagnons n'en portaient pas déjà un chacun, j'aurais refusé de le mettre.

À Rome, fais comme les Romains...

Les colliers ne faisaient pas plus deux ou trois centimètres de large et soulignaient le cou musclé de mes compagnons. Le mien était noir, mais ceux des guerriers avaient une jolie couleur cuivrée. Au lieu de leur donner l'air efféminé ou faible, ces colliers leur donnaient l'air de soldats sauvages, puissants. Étrangers. Exotiques, sexy et impossible à saisir en même temps.

Et la contraction de mon sexe se produisit avant même que je ne me sois faite à la drôle de couleur de leurs peaux et de leurs yeux.

Le grand, Maxime, le compagnon avec qui j'étais compatible, mesurait plus de deux mètres. Il portait un uniforme sombre et tacheté qui ressemblait aux uniformes de camouflage destinés à se cacher dans l'obscurité ou dans l'espace. Ses traits, bien que proches de ceux des humains, étaient un peu plus anguleux et sa peau était d'un brun foncé, comme celle d'un Africain, sauf qu'elle avait des reflets cuivrés, plus caramel que café. C'était une drôle de couleur, difficile à décrire, mais magnifique. Remarquable. J'avais envie de la toucher, de sentir la chaleur de cette couleur. Ses yeux étaient foncés, un marron vibrant qui me donnait l'impression de me noyer dedans. Lorsque je soutenais son regard, je n'arrivais pas à réfléchir. J'avais même du mal à respirer. Et ça me terrifiait.

Bien sûr, il avait écarté les barreaux de ma cellule comme s'il était Superman, alors il affolait mes œstrogènes. Si un homme était capable de faire ça avec ses mains, je me demandais ce qu'il savait faire d'autre.

Mon deuxième compagnon, Ryston, était lui aussi gigantesque et ne faisait que quelques centimètres de moins que Maxime. Il portait le même uniforme-armure étrange, mais il avait l'air d'un halo sur pattes. Sa peau et ses cheveux, même ses yeux avaient une teinte or pâle si claire que l'on aurait presque dit de l'argent. Son œil et sa tempe gauches avaient été modifiés par des espèces d'implants cyborgs qui créaient de drôles de traces bleues sur sa peau et donnaient au bord de son œil des reflets argentés.

Je regardai la gardienne en refermant le collier autour de mon cou. Dès que les deux extrémités se rapprochèrent, elles se fixèrent automatiquement l'une à l'autre, comme un aimant. Une chaleur entêtante me parcourut la nuque avant de me courir le long de l'échine. Je frissonnai alors que la chaleur se propageait à mon crâne, comme si quelqu'un me versait un pichet d'eau chaude dans la tête pour me remplir. Quelque chose se mit en place. C'était la seule façon de décrire ce qui s'était passé.

Puis...

Oh, Seigneur.

Douleur. Désir. Inquiétude. Manque. Pouvoir. Une solitude pénible.

Les émotions de mes compagnons me submergèrent avec une telle férocité que mes genoux cédèrent.

Avant que je touche le sol, les bras musclés de Maxime me soulevèrent, me serrant contre son torse comme si je n'étais qu'une petite fille. D'ailleurs, je me sentais minuscule et vulnérable alors que le chaos qui bouillonnait en moi augmentait à chaque contact physique.

Me toucher lui faisait *mal*. Ce n'était pas une douleur physique, mais un besoin émotionnel si profond, négligé depuis si longtemps, que me toucher lui était pénible.

Je savais que Maxime me portait, mais je fermai les yeux et me détendis contre son torse. J'avais pris ma décision. Il ne servait plus à rien de lutter.

« Nous sommes prêts pour le transport, » Dame Égara, fit la voix grave de Maxime, faisant vibrer son torse contre moi.

Ma poitrine sembla devenir plus pesante et je ressentis une douleur intérieure.

Bon sang. J'étais vraiment dans la merde, là.

« Ne m'appelez pas comme ça, » dit la gardienne d'une voix qui pour la première fois depuis que je l'avais rencontrée, semblait troublée.

Ryston lui répondit :

« Vous resterez toujours une Dame de Prillon Prime. Le frère de votre compagnon vous salue. »

Maxime avait dû faire un effort pour contrôler ses émotions, car les sensations qui me submergeaient se calmèrent et je pris une grande inspiration, soulagée d'avoir repris le contrôle sur mon corps. Je le contrôlais, mais je ne pouvais pas empêcher les souvenirs de me submerger maintenant que j'avais deux hommes à moi. Deux compagnons. Deux grands corps entre lesquels m'allonger. Deux grosses queues pour m'étirer, me remplir, me faire crier...

Bon sang. Le rêve du test tournait soudain en boucle dans ma tête et je n'arrivais pas à penser à autre chose que ça. Être prise. Revendiquée. Désirée.

L'excitation était un mot trop faible pour le tourbillon d'émotions qui me parcourait. Les miennes. Celles de Maxime. Celles de Ryston. Je n'arrivais pas à déterminer quels désirs étaient les miens et quels désirs étaient les leurs. Mais leurs émotions avaient une saveur différente dans mon esprit. Celles de Maxime étaient comme un feu glacé, si intense que les toucher me brûlerait jusqu'à l'os. Et Ryston était comme une tempête violente en moi, ardent, impatient et fougueux.

« Maîtrise-toi. »

Je ne remarquai presque pas l'ordre de Maxime, mais quelques instants plus tard, mes deux compagnons coupèrent court à leurs émotions autant que possible, car soudain, je pus réfléchir. Je pensais toujours à leurs membres en moi, à leurs mains sur mon corps, mais au moins, je pouvais *réfléchir*.

C'était peut-être pire que tout.

J'ouvris les yeux et découvris que Maxime m'avait portée jusqu'à une étrange pièce avec des lumières bleues qui luisaient tout autour de nous. À côté, sur le sol, se trouvait une drôle de flaque d'eau bleu vif qui semblait étrangement accueillante.

Ryston se tenait à côté de nous. Mais il ne regardait pas la gardienne. Ses yeux or pâle étaient complètement concentrés sur moi.

Et aussi sec, je poussai une exclamation, avant de me tortiller dans les bras de Maxime alors que les émotions de Ryston me submergeaient. Désir. Peur du rejet. Espoir. Colère que l'on m'ait menacée. Honte d'avoir tant besoin de me toucher, mais fierté de pouvoir résister.

Tout ce qu'il y avait de doux et féminin en moi répondit à la souffrance de mes compagnons. J'avais besoin de les apaiser. J'avais besoin de les réconforter en ressentant une telle douleur contenue.

« Seigneur, je suis vraiment dans la mouise, » marmonnai-je à moi-même, mais mes deux compagnons se tournèrent vers moi.

Ils se concentrèrent sur moi. Complètement. Comme si rien d'autre ne comptait dans l'univers, à part ce que j'allais dire ensuite. C'était perturbant et merveilleux à la fois.

Je tendis une main à Ryston, incapable de lui refuser ce qu'il désirait une seconde de plus.

Sa main dorée gigantesque enveloppa la mienne et je fus submergée par sa gratitude et sa satisfaction, son désir de me rendre heureuse, avant même qu'il prenne la parole.

« Ma chair contaminée ne t'effraye pas ? »

Je lui pressai la main et le regardai en plissant les yeux, perdue.

« Chair contaminée ? »

Des années de physiologie et de biochimie lancèrent une

alerte rouge dans ma tête et j'attendis sa réponse. Quel que soit son problème, je trouverais un moyen d'y remédier. Comprendre les réactions biochimiques était ma vie. Enfin, ça avait été ma vie. Avant GloboPharma et la prison et... les extraterrestres.

Peut-être que les extraterrestres en question avaient besoin de moi. Peut-être que je pourrais être utile à leur planète. La perspective d'avoir une énigme à résoudre compensait presque mon inquiétude pour la santé de Ryston. Presque.

« Comment ça ? Qu'est-ce qui est contaminé ? »

L'inspiration rapide de Maxime me fit comprendre que j'avais dit quelque chose d'inattendu, avant même que leurs émotions n'envahissent mon esprit. Surprise. Incrédulité. Confusion.

« Ça, partenaire. Mon visage. Mon œil. Le bras de Maxime. Nous portons tous les deux les stigmates du temps que nous avons passé avec l'ennemi. »

Ryston leva sa main libre pour me montrer les marques sur sa tempe.

J'examinai les circuits uniques qui avaient été placés dans la chair de Ryston. La zone entière était plus petite que ma paume. J'avais envie de la toucher, pour voir quelle texture elle aurait sous mes doigts, mais c'était tout. Et mon espoir d'avoir quelque chose d'utile à accomplir à l'avenir s'évapora également.

« Tout le monde a des cicatrices, dis-je. Les vôtres ne me dérangent pas. »

C'était la vérité. Quelques drôles de marques argentées ? Quelle importance ? J'avais vu des motards tatoués sur tout le torse avec des crânes, des femmes nues, des animaux et tout un tas de trucs bizarres. J'avais vu des gens qui avaient survécu à des incendies, avec des cicatrices bien plus grandes et visibles que quelques lignes d'argent. J'avais vu bien pire au centre de cancérologie.

Le sourire de Ryston me fit mal au cœur et il se pencha pour m'embrasser le dos de la main.

« Tu es vraiment un miracle, partenaire.

— je ne dirais pas ça, » répondis-je.

Je ne comprenais pas ce que j'avais fait de si exceptionnel, mais apparemment, ma réaction était importante. Très importante. La réaction de Maxime fut presque aussi puissante et ses émotions me bombardèrent d'espoir et de soulagement.

Mes compagnons avaient besoin de regarder autour d'eux un peu et voir qu'il y avait bien pire qu'eux, s'ils croyaient que j'allais me laisser intimider par quelques traces argentées sur leurs peaux. *Franchement.*

Ils m'avaient fait évader de prison. Après ça, il m'en fallait peu pour être dans leur camp.

Maxime m'embrassa le sommet du crâne et je fus irrationnellement ravie par son geste, ma poitrine submergée de chaleur face à cette démonstration d'affection.

Ça n'aurait pas dû m'importer. L'attachement émotionnel était complètement irrationnel. Je ne les connaissais que depuis un quart d'heure. Mais ça m'importait. Pour une raison inconnue, ça m'importait beaucoup plus que je n'aurais bien voulu l'admettre. Et après être restée si longtemps seule après mon arrestation, c'était agréable d'être enlacée, touchée. D'être chérie. Ou en tout cas, c'était ce que le collier me faisait ressentir.

« Nous sommes prêts pour le transport, Gardienne.

— Pas tout à fait, Gouverneur. Même si je lui ai implanté une UPN pour que vous puissiez vous comprendre et communiquer, son corps n'a pas encore été préparé au transport jusqu'à la Colonie. »

Maxime poussa un soupir, visiblement impatient, mais peu désireux de batailler contre la gardienne.

« Qu'est-ce qu'on doit faire ?

— Placez-la dans l'eau et reculez. Je vais vous transporter

tous les deux d'abord. Une fois que le protocole sera initié, elle ne sera que quelques minutes derrière vous. »

Ryston me pressa la main et me relâcha à contrecœur. Maxime, lui aussi, semblait étrangement bouleversé à l'idée d'être séparé de moi, même pour un court moment.

Pour de grands extraterrestres durs à cuire, ils se comportaient comme de vrais nounours. Et ça me plaisait. Beaucoup.

Maxime m'embrassa le sommet du crâne avant de se pencher et de m'installer dans l'eau bleue, tout habillée. L'eau était chaude, comme un bon bain et je commençai immédiatement à me sentir léthargique, ensommeillée.

Me préparer au transport ? Qu'est-ce que ça signifiait, au juste ?

Je tournai la tête pour regarder la gardienne Égara, mais mes questions commençaient déjà à m'échapper, comme si elles n'avaient plus d'importance. Rien n'avait d'importance. J'avais l'impression d'être dans un rêve. Un rêve agréable, incroyable, merveilleux. La gardienne me fit un petit signe de la main et fit glisser son doigt sur la table.

« Bonne chance, Rachel ? Votre nouvelle vie vous attend dans trois... deux... un... »

Je tentai de rester éveillée, mais la lumière bleu vif nous entourait et, soudain, ma tête devint trop lourde pour être soulevée.

Le mur fit un petit bruit de grattement alors que de grands panneaux se déplaçaient, se refermant sur nous rapidement. Durant un quart de seconde, tout ce à quoi je pus penser, c'était la science qui se cachait derrière ce mode de transport, au fait que mon corps était désintégré en milliards de morceaux de données avant d'être envoyé à des millions de kilomètres, à travers l'univers, jusqu'à une étrange planète que je n'avais jamais vue.

En admettant que ces milliards de particules de moi

seraient réassemblées en un seul morceau, je ne verrais plus jamais la Terre. Je n'enfilerais plus jamais ma blouse blanche de laboratoire et ne conduirais plus jamais ma voiture. Je ne sentirais plus jamais le parfum des roses. Je ne regarderais plus jamais la neige tomber sur les montagnes. Je ne prendrais plus jamais de chiot dans mes bras. Des petites choses. Des choses bêtes. Mais toutes les perdre en même temps, d'un coup, était douloureux.

Je n'étais pas prête pour ça. Si je m'étais portée volontaire pour le Programme des Épouses, ou si j'avais prévu d'accepter le compagnon que l'on m'attribuerait, j'aurais pu me faire tranquillement à l'idée. Mais dans cette précipitation, j'avais l'impression que l'on me volait quelque chose. Comme si les millions de petites choses qui faisaient de moi qui j'étais m'étaient enlevées. Et je n'avais pas le choix.

D'accord, j'avais deux extraterrestres musclés qui juraient de me protéger, mais quelque part, je n'étais pas sûre que ça suffirait. L'idée de ne plus jamais dormir dans mon lit me fit de nouveau monter les larmes aux yeux. C'était bête, mais bon. Je ne pouvais pas m'en empêcher.

Une petite plainte m'échappa avant que je ne puisse me contrôler et la voix de Maxime se fraya un chemin en moi pour m'apaiser.

« Tu es à moi, Rachel. Je ne laisserai personne te faire du mal. »

Sa promesse plongea profondément dans mon esprit et dans mon cœur alors que je ressentais la véhémence de ces mots parcourir le corps de Maxime. Il était sincère.

Il était à moi. Tout à moi. Ce gigantesque guerrier féroce et puissant m'était dévoué, à moi et à moi seule. Il serait prêt à mourir pour moi.

Ce n'était pas une nouvelle vie, mais c'était un début.

Et bon sang, ça m'aidait un peu à lui faire confiance et à me laisser engloutir par l'obscurité qui montait pour m'emporter.

5

achel

Avec le tournis, je me réveillai dans une sorte d'infirmerie. La pièce était spartiate, c'était le moins que l'on puisse dire. Mes compagnons se tenaient à côté de moi, un de chaque côté alors qu'un troisième Prillon avec un uniforme vert foncé se tenait à mes pieds.

Je clignai des yeux, et mes compagnons se penchèrent sur moi.

« Je suis sur Terre ? » demandai-je.

Je connaissais la réponse, mais tout était presque trop irréel pour imaginer le contraire.

« Non, tu es sur la Colonie, répondit Maxime en me bordant. Ta préparation s'est bien passée et on t'a transportée directement dans l'infirmerie pour que le médecin puisse s'assurer que tu vas bien. Deux transports en une journée, ça peut être épuisant et tu es tellement petite et fragile. »

Petite ? Fragile ? J'étais au-dessus de la moyenne pour

tout, taille, poids, taille de soutien-gorge et caractère et j'avais bossé quatorze heures par jour, sept jours sur sept, pendant les quatre dernières années. Quand j'étais à la fac, je cumulais deux petits boulots. Ce n'était pas parce que je ne voulais pas me faire assassiner en prison que j'étais fragile. Ou faible.

Je baissai les yeux et remarquai la couverture grise et douce. J'étais nue en dessous, car je sentais le froid de la table d'examen. L'idée d'être nue alors qu'ils étaient tous habillés était séduisante, mais pas comme ça. Pas avec ce médecin à l'air sérieux. Ça n'avait rien de sexy.

« Je peux l'ausculter maintenant ? »

Le médecin aussi était un Prillon, sa couleur de peau à mi-chemin entre celle de Maxime et celle de Ryston. Je commençais à reconnaître leurs particularités physiques, leurs tailles. Leurs personnalités dominantes. Ça me convenait parfaitement chez mes compagnons. Je parvenais à sentir leurs émotions. Je pouvais leur pardonner d'être un peu autoritaires et étouffants quand je sentais le désir qui accompagnait leurs mots et actions. Mais le médecin ? Non.

Je me hissai d'abord sur les coudes, puis je m'assis, et j'observai le docteur en me passant la couverture dans le dos. En me voyant galérer, Ryston vint m'aider à me couvrir, en jetant un coup d'œil au médecin. Ce dernier portait un uniforme vert foncé, plus proche de la blouse que de l'armure. Il était doré, plus comme Ryston que Maxime, mais en plus foncé. Comme du miel mélangé à une pincée de cannelle. Je ne pouvais pas voir son corps en entier, mais sa main gauche était d'une drôle de couleur argentée, comme la tempe de Ryston. C'était la seule partie cyborg que je voyais chez lui. Il en avait peut-être d'autres sous ses vêtements, mais je n'avais pas envie de les voir. Les seuls extraterrestres que j'avais envie de voir nus, c'était les miens.

Le médecin avait un drôle d'instrument dans chaque main.

Il en brandit un et l'agita devant moi. Des lumières brillèrent sur le tube cylindrique et il les examina.

« Que fait votre baguette magique, docteur ? Est-ce qu'elle détecte la pression vasculaire, les taux d'oxygène dans le sang ? Ou seulement les signes vitaux habituels ? demandai-je. Bien sûr, je ne sais pas ce que vous considérez comme vital, ici. »

Il haussa un sourcil.

« Cet instrument analyse tout, de vos vaisseaux à vos reins. S'il y a la moindre anomalie, il m'en informera. Ensuite, je pratiquerai un deuxième examen. »

Une réponse satisfaisante. Alors qu'il continuait d'agiter son instrument, Maxime et Ryston me regardaient comme si je risquais de bondir de la table pour m'enfuir, ou d'exploser à cause du transport. Je percevais leur inquiétude, mais je n'en comprenais pas la raison. Est-ce qu'il me manquait quelque chose ? Je me regardai. En quoi consistait la préparation au transport ? Qu'avaient-ils dû modifier chez moi pour que je puisse vivre sur la Colonie ? Pour que je devienne une épouse prillonne ? Je me posai une main sur le visage et tâtonnai pour vérifier que l'on ne m'avait pas mis un implant dans l'œil.

« Tu es blessée ? » demanda Maxime.

Le médecin leva son instrument jusqu'à mon visage.

Je secouai la tête et répondis :

« Non. Je me demandais juste... je me demandais ce qu'on m'avait fait avant le transport. Est-ce que moi aussi, j'ai des trucs argentés ?

— Non. Absolument pas. Les implants de la Ruche ne souilleront jamais ta chair parfaite. Je peux te l'assurer. Nous te protégerons de la Ruche et de tous les dangers qui pourraient te menacer. »

Le médecin s'éclaircit la gorge.

« Salutations. Je suis le docteur Surnen.

— Docteur. »

Ce n'était peut-être pas ce que j'étais censée dire, mais me retrouver assise nue ici, entourée par trois extraterrestres, me perturbait un peu.

Le médecin continua son drôle d'examen en parlant :

« Une épouse prillonne typique reçoit des implants de régulation corporelle et un examen de santé complet avant son arrivée.

— Des implants de régulation corporelle ? »

C'était quoi ce truc ?

Le Dr Surnen prit une teinte dorée plus foncée, et je me demandai s'il rougissait. Sérieux ? N'avait-il encore jamais vu de femme ? Que m'avaient-ils fait avant mon réveil, au juste ?

« Des implants microscopiques ont été insérés dans toutes vos cavités excrétrices. Ils seront en symbiose avec votre organisme pour éliminer tous vos déchets corporels. Toute cette matière est récupérée et réassignée dans nos Générateurs de Matière Spontanés. Nous les appelons des unités GMS. Je suis certain que vos compagnons vous montreront comment vous en servir une fois que vous serez dans vos quartiers. »

J'étais sans voix. C'était le seul terme qui convenait. Venait-il de dire ce que je pensais ?

« Alors, je n'aurai plus besoin d'aller aux toilettes ? Jamais ? »

Le médecin hocha la tête et ses épaules s'affaissèrent tant il était soulagé que j'aie compris.

« Exact. Tant que vous restez proche du système, ici sur la Colonie, sur Prillon Prime, ou sur l'un de nos vaisseaux de guerre. »

Je ne savais pas quoi penser. En tant que scientifique, j'étais impressionnée. La technologie dont il parlait était tellement plus avancée que celle de la Terre que mon esprit pensait à ça et pas au fait que c'était un peu répugnant.

Mais cette idée me quitta bien vite l'esprit lorsque le médecin changea d'instrument et dit :

« Allongez-vous, mettez les pieds au bord de la table et écartez les jambes. »

Il brandit un objet qui ressemblait à un godemiché avec des *choses* qui en sortaient. J'avais un vibromasseur dans le tiroir de ma table de chevet. Quelle femme célibataire n'en avait pas ? Ça ne voulait pas dire que je voulais qu'un en utilise un sur moi en faisant passer ça pour un examen médical. Avec un amant, d'accord. Si Maxime ou Ryston m'avait ordonné la même chose, je me serais peut-être exécutée rien que pour voir quelles choses excitantes allaient suivre, mais pas avec ce fichu médecin.

Je fis tout le contraire de ce qu'il me demandait et je fermai les genoux.

« Je ne crois pas, non, » dis-je.

Le médecin répéta ce qu'il avait dit.

« Grâce à vos examens, vous avez sans doute pu constater que mon ouïe et mes fonctions cérébrales vont bien, contrai-je. La réponse est toujours non. »

Ses lèvres se pincèrent et il jeta un regard à Maxime et Ryston.

« C'est peut-être mes compagnons, mais ils n'ont pas leur mot à dire. Mon corps, mon choix.

— C'est une expression terrienne ? me demanda le médecin.

— Expliquez-moi, avec des expressions prillonnes, pourquoi vous avez besoin de me fourrer cet instrument entre les jambes.

— Les détecteurs nous aideront à déterminer si votre système nerveux fonctionne au mieux et si vous êtes assez fertile pour vous reproduire. »

Je restai bouche bée en réalisant qu'il était sérieux. En fait, je réalisai que cet homme – non, que les Prillons en général – était toujours sérieux. Alors je jetai un regard à Maxime et à Ryston, qui gardèrent le silence.

« Je suis scientifique. J'ai un doctorat. Je ne suis pas naïve au point de croire que vous avez besoin de passer par mon vagin pour examiner mon système nerveux. Et pour le reste, c'est hors de question. »

Je bondis de la table en m'enveloppant dans la couverture.

« Rachel...

— Me reproduire ? »

Ce mot me rendait furieuse et je me tournai vers mes compagnons avant de poursuivre :

« Je ne suis pas un chien et on n'est pas des bêtes d'élevage. »

Je voyais rouge, littéralement, et durant un instant, je fus persuadée que ma pression artérielle avait atteint des sommets.

« Non. Renvoyez-moi sur Terre ? Je ne jouerai pas à ce petit jeu avec vous. Avec qui que ce soit. »

Lorsque les hommes froncèrent les sourcils, visiblement perdus, je repris :

« Je vais vous expliquer avec des termes que vous comprendrez. Au Centre de Préparation des Épouses, vous craigniez que votre chair contaminée me pousse à vous renier, d'une certaine façon. Et maintenant, vous voulez me faire faire un test de fertilité ? Et si je ne suis pas fertile ? Et si je ne peux pas avoir d'enfants ? Est-ce que c'est moi qui deviendrai défectueuse ? Incomplète ? Je croyais que nous avions été accouplés parce que nous étions parfaits l'un pour l'autre. Pas que c'était basé sur ma capacité ou non à tomber enceinte.

— Vous laissez votre partenaire vous parler ainsi ? » demanda le médecin à Maxime, d'une voix sévère et surprise.

Ces types méritaient de se prendre un bon coup de pied dans les couilles. Sérieusement. Cet endroit avait besoin de plus de femmes pour les faire entrer dans le 21e siècle.

« Et moi qui croyais que vous étiez une espèce supérieure. La bonne blague. »

Je me dirigeai vers ce qui devait être la porte. Ça avait

l'apparence d'une porte, d'une grande porte coulissante grise qui, je l'espérais, s'ouvrirait lorsque je m'en approcherais. Je retrouverais mon chemin jusqu'à cette salle des transports et me dirais que j'avais eu un simple moment de faiblesse et de naïveté.

J'avais trente-deux ans, pas vingt-deux. Je savais qu'il ne fallait pas croire aux contes de fées.

La porte ne s'ouvrit pas et je rassemblai mon courage pour exiger que l'on me libère. Je me tournai et vis que Maxime me regardait avec intensité. Le médecin marmonnait dans sa barbe, mais je n'avais aucune envie de savoir ce qu'il disait. Ryston se tenait à côté de lui et patientait.

Bon sang, c'était quoi cette planète ? Les gens n'avaient-ils donc pas le droit d'exprimer leur opinion ? Si la réponse était non et que j'avais fait une erreur monumentale moins de cinq minutes après mon arrivée, qu'allait-il m'arriver ?

« Oui, ma partenaire sera toujours libre de s'exprimer librement avec moi, répondit enfin Maxime. Et elle a raison. »

J'expirai, sans réaliser que j'avais retenu mon souffle.

« Vous n'êtes pas sérieux, rétorqua le médecin. Ce test est obligatoire pour toutes les épouses... »

Maxime leva la main pour le faire taire.

« J'en suis conscient, mais ma partenaire a raison là-dessus aussi. Je me fiche qu'elle soit fertile ou pas. Ça ne change rien.

— Mais la reproduction est la raison de la mise en place du Programme des Épouses, pour fonder des familles sur la Colonie. Pour nous développer. »

Ce n'était pas l'arche de Noé, pour l'amour de Dieu, mais je doutais qu'ils connaissent cette histoire et je doutais qu'ils veuillent l'entendre. J'étais simplement contente que Maxime soit d'accord avec moi.

« Ce n'est pas la responsabilité de Rachel de repeupler la Colonie, Dr Surnen. Rappelez-vous, le lien que Ryston et moi partageons avec elle est plus fort que celui entre des compagnons prillons habituels. Nous avons des colliers et le lien qui va avec, mais nous avons également été accouplé par le protocole du Programme des Épouses Interstellaires. Nous sommes particulièrement compatibles. Je ne la rejetterai pas, quels que soient les résultats de vos examens. Alors ces examens ne sont pas nécessaires. Elle nous appartient. »

Le coin de sa bouche se souleva alors qu'il tendait une main. Je la regardai, tellement grande, ses doigts longs et épais, puis je m'approchai et la pris dans la mienne. Son contact était étonnamment doux pour quelqu'un de sa taille. D'un coup, je sentis ses émotions, sa puissance, bouillonner en lui. Il était en colère, à cause de ce fouineur de docteur, ou pour une autre raison que j'ignorais. Je ne pouvais qu'espérer qu'il n'était pas en colère contre moi.

« En tant que gouverneur, vous devez montrer l'exemple, ajouta le médecin.

— Oui, c'est vrai. Mais trouver une partenaire grâce au Programme des Épouses est un fait nouveau.

— Raison de plus pour s'assurer qu'elle soit en parfaite santé. »

Le médecin ne voulait pas lâcher. Voulait-il à ce point me fourrer son instrument dans le vagin ?

Maxime tendit la main, prit l'instrument en question des mains du docteur et le jeta à Ryston.

« Merci pour votre opinion professionnelle à ce sujet. Nous nous occuperons de notre partenaire. En privé. Et si elle doit se prendre quelque chose entre les jambes, ça ne sera pas votre instrument. »

Oh Mon Dieu. L'autorité de Maxime et son sous-entendu évident m'excitèrent au plus haut point. J'imaginais très bien avec quoi il allait m'examiner. Puis je jetai un coup d'œil à Ryston et imaginai son instrument à lui. Je déglutis, puis Ryston examina l'instrument médical et le posa sur la table d'examen avant de venir se placer à côté de moi. J'étais entourée de deux grands guerriers prillons très sérieux qui disaient que je leur appartenais.

Le médecin hocha la tête.

« Comme vous voudrez, Gouverneur. Puis-je vous donner la BEA ? C'est le protocole standard pour toutes les nouvelles épouses prillons, destiné à assurer son confort et son plaisir. Si elle n'est pas correctement préparée pour la cérémonie de revendication, elle risquerait d'avoir mal.

Correctement préparée ? Qu'est-ce qu'il racontait, ce médecin ? Je n'en avais aucune idée, mais Maxime hocha la tête et le médecin ouvrit un tiroir pour en sortir une petite boîte en métal. Elle faisait la taille d'une boîte en métal de gâteaux, mais avec une poignée.

Ryston s'avança pour la prendre alors que Maxime me menait vers la porte, qui s'ouvrit dans un souffle devant lui, comme dans les films de science-fiction. Quoi, n'étais-je pas assez grande pour l'activer ou quelque chose du genre ? J'examinai le mur à la recherche de capteurs, mais je n'en trouvai aucun avant que Maxime me conduise dans le couloir.

« Docteur, lança Maxime par-dessus son épaule.

— Oui, Gouverneur.

— *Elle*, c'est ma partenaire. Pour vous, ce sera Dame Rone.

— Oui, Gouverneur, » répéta le médecin, d'un ton un peu plus penaud cette fois.

La satisfaction de Maxime me courut dans les veines, ce qui me changea temporairement les idées. Je traînai les pieds, forçant Maxime à me tirer par la main, avant de s'arrêter, lui aussi.

« Je ne sais pas où on va et je me promène seulement vêtue d'une couverture, » dis-je.

Même si ça ne m'aurait pas dérangé qu'il me l'enlève, je n'avais pas vraiment envie que cela arrive dans cet étrange couloir vert et blanc.

Je perçus son agacement par nos doigts entrelacés.

« Si je t'agace à ce point, repris-je, tu devrais peut-être te trouver une autre partenaire. »

Maxime regarda nos mains. Je sentis la satisfaction de Ryston à travers notre connexion. Comment pouvait-il si content de la situation alors que Maxime était déçu ?

« Ah, je vois, dit Maxime d'une voix plus douce, pour une fois.

— Quoi ? demandai-je d'une voix cassante.

— Les colliers transmettent un peu trop bien nos émotions, n'est-ce pas ? »

Il me passa les doigts sur la joue, puis les passa de bas en haut sur ce foutu collier. Je le *sentis*, pas seulement sur ma peau, mais à travers mes émotions. La colère de Maxime et son désir qui montait. L'envie de Ryston en voyant ce contact.

« Notre lien, reprit-il, la connexion qu'il y a entre nous est intense. Ça prendra du temps, mais tu te mettras à filtrer nos émotions. Là, je ne suis pas en colère ou agacé contre toi, partenaire. Je suis en colère contre le zèle du médecin. Je suis en colère contre moi-même à cause de mon hypocrisie. Je suis aussi fâché de ne pas avoir su prendre soin de toi et de tes besoins essentiels, comme te fournir des vêtements et du réconfort. Ryston. »

Il avait seulement prononcé le nom de son second, rien de plus, et celui-ci nous dépassa et disparut au fond du couloir.

Maxime me regarda dans les yeux, sa sincérité et son désir de me rendre heureuse très clairs à travers le collier.

« Être le compagnon de quelqu'un est nouveau pour moi. Je suis désolé pour mes erreurs. Ryston va te préparer des vêtements dans notre suite. En attendant... »

Il me souleva dans ses bras et me porta le long du couloir. Je m'agrippai à ses épaules, craignant de tomber, mais je n'avais pas à faire cet effort. Je me sentais minuscule dans son étreinte puissante. Il ne me laisserait pas tomber. Il ne laisserait rien m'arriver. Je le sentais en lui. Lorsque je me détendis, je sus qu'il percevait la confiance que j'avais en lui et le plaisir qu'il me donnait, tout comme j'avais ressenti sa frustration quelques instants plus tôt.

« En attendant, il faut que je me promène toute nue dans la base ? »

Maxime baissa les yeux vers moi et continua de marcher.

« Même si tu arrives à percevoir mes émotions, sache que je peux également ressentir les *tiennes*. Ton excitation passe de ton collier au mien, et à celui de Ryston. À cause de ça, je crois que je peux me montrer audacieux. Tu resteras nue lorsque tu seras au lit avec moi. »

Quelque chose changea dans son regard et je sentis une bouffée de chaleur et de désir à travers nos colliers. Oui, il était excité, lui aussi. Je haletai et mon clitoris me lança.

« Ou contre le mur, ou allongée sur la table les jambes écartées ou à genoux devant moi, ajouta-t-il. Entre Ryston et moi. Comment est-ce que tu aimerais qu'on te prenne ? »

Sa voix passa de l'autorité au désir puissant. Je m'imaginai entre les deux guerriers. Mes tétons durcirent et je me mis à mouiller. J'en avais envie. Ça n'avait aucun sens. C'étaient des inconnus sur une planète étrange, et pourtant, j'avais envie d'eux avec une force que je n'avais jamais connue. Oh, oui, j'avais envie d'eux et à en juger par le désir que je percevais chez mon compagnon, j'obtiendrais ce que je voulais. *Très bientôt.*

Maxime

Rachel était légère comme une plume dans mes bras et pourtant, de la chaleur me parcourait dès que nos corps se touchaient. Comment une chose aussi douce et fragile que cette femme pouvait-elle dégager autant de force, de volonté implacable ? C'était un mystère pour moi et je doutais de comprendre un jour.

Pourtant, lorsqu'elle posa la tête sur mon épaule et se détendit dans mes bras, j'eus l'impression d'être un grand conquérant.

Les colliers que nous portions tous les trois nous liaient ensemble avec un lien télépathique intime dont j'avais entendu parler, mais dont je n'aurais jamais pu imaginer la puissance. Des émotions extrêmement fortes nous parcouraient et pas seulement les miennes. Celles de ma partenaire. Celles de Ryston. Leurs réactions à mes sentiments créaient une boucle qui me mettait à vif et me rendait vulnérable d'une façon que je n'avais pas ressentie depuis que j'étais petit garçon.

Rachel se blottit contre moi et je pressai le pas le long du grand couloir vide. Les rayures vert foncé au bas des murs et au centre du sol laissèrent la place à un orange foncé, qui se transforma en crème dès que nous atteignîmes les quartiers résidentiels de la base. La suite de pièces dans laquelle je pénétrais était nouvelle pour nous trois. Avant mon accouplement, j'avais vécu dans un petit appartement de deux pièces au-dessus du centre de commandement de la Base 3 pour être au centre de l'action s'il se passait quelque chose.

Mais à présent, j'étais reconnaissant d'avoir un lieu de vie bien plus grand. Lorsque la porte coulissa et que je portai ma partenaire à l'intérieur pour la première fois, une satisfaction totale s'empara de moi. Je posai Rachel debout et la laissai se promener dans la pièce, explorer les lieux.

Notre nouvelle maison. Pour la première fois depuis que j'avais été banni sur la Colonie, j'avais l'impression d'avoir un foyer. Une famille.

Elle me jeta un coup d'œil, puis un deuxième. Ressentait-elle mes émotions à travers son collier ? Le sourire plein de douceur qu'elle m'adressa par-dessus son épaule après avoir regardé dans la chambre me confirma que oui. C'était rassurant de savoir qu'elle pouvait me comprendre – autant qu'il était possible de comprendre le gouverneur d'un groupe de guerriers exilés.

La main de Rachel caressa le dossier du gros canapé marron. Il y en avait deux dans la pièce, face à face. Un bureau et une chaise étaient installés contre le mur juste sous l'écran de communication, qui était presque aussi large que ma fiancée. Dans l'autre coin de la pièce se trouvait l'unité GMS, attendant de répondre à tous les ordres de ma partenaire pour créer ce qu'elle désirait. Et si elle voulait quelque chose qui n'avait pas été programmé dans notre système, je trouverais le moyen de le lui donner.

N'importe quoi. Je lui donnerais n'importe quoi.

Un petit espace salle à manger se trouvait dans un autre coin de la pièce, mais la plupart des gens prenaient leurs repas dans les salles communes et à la cafétéria, car les repas étaient souvent la seule occasion de communiquer avec d'autres personnes au cours d'une journée de travail. Et les guerriers de la Colonie travaillaient beaucoup. Nous nous occupions de certaines des mines les plus profondes et les plus dangereuses de notre système solaire. Nous surveillions les activités de la Ruche et envoyions des informations sur tous ses mondes à Prillon. Nous étions analystes et bâtisseurs, programmeurs et commandants. Nous préparions des plans de bataille et anticipions les stratégies de la Ruche. Et tous nos scientifiques, docteurs et ingénieurs cherchaient un moyen de nous débarrasser de ces implants qui nous défiguraient. Qui nous rendaient inadaptés. Qui nous empêchaient de trouver des partenaires. De fonder des familles. De vivre dans le monde extérieur.

Mais à présent que ma partenaire parcourait notre nouvelle maison avec des regards curieux, tout en moi avait changé.

Lorsque j'avais mis mon collier pour la première fois en entendant que l'on m'avait attribué une partenaire, je n'avais ressenti aucun changement. Seul le symbole que représentait le simple fait d'avoir une partenaire me pesait autour du cou. Lorsque Ryston avait enfilé le sien, j'avais perçu sa fierté d'être mon second et que le collier confirme cette décision. Il était lui aussi impatient de rencontrer notre partenaire. J'avais pu filtrer ses sentiments et ses émotions pour les différencier des miennes. Elles ne me pesaient pas. Peut-être parce que nous étions tous les deux des hommes, ou même parce que nous étions Prillons. Nous avions une histoire similaire, des traditions, des lois et des coutumes similaires.

Lorsque Rachel avait fixé son collier autour de son cou sur Terre, nous acceptant tous les deux comme ses compagnons, ça avait été complètement différent. C'était comme si j'avais été retenu par la Ruche, que mes émotions, mes sentiments et même mon cerveau étaient déchirés.

La sensation d'absorber les désirs et les envies de ma partenaire, ses peurs et ses déceptions étaient très puissantes et mon sexe était entré en érection en un instant. Le besoin de me plonger en elle jusqu'à la garde avait été immédiat et intense.

Mais cela avait été assombri par la frustration de Rachel concernant son incarcération, son innocence et son besoin d'obtenir justice. Ces émotions avaient été suivies par son indécision en ce qui concernait notre accouplement et la perspective de quitter la Terre.

C'était quoi ça ? J'avais su qu'elle avait refusé de devenir notre partenaire ? Mais elle était en prison, avec des barreaux. Privée de liberté. Je voulais la sauver de tout ça, comme j'avais sauvé Ryston et beaucoup d'autres de la Ruche.

Tout était là, ses émotions et sa colère, dans ma tête, en train de me bombarder et de faire tomber mes défenses.

En tant que gouverneur, j'avais un grand groupe d'hommes – ou d'exilés – sous ma responsabilité. Les diriger n'était pas facile, et faire de la base une société paisible l'était encore moins. Qui pouvait leur en vouloir d'être indisciplinés après ce qu'ils avaient vécu ? Après ce que nous avions tous vécu ? J'avais érigé des murs afin de mettre mes opinions personnelles de côté et de pouvoir régner en toute objectivité, en ayant le bien commun comme priorité.

Mais maintenant ? Maintenant, j'avais envie de faire payer ceux qui avaient fait emprisonner Rachel et leur arracher la tête. Ce n'était que de simples terriens. Éliminer tous ceux qui lui causaient de la peine serait un jeu d'enfant.

Mais je n'avais pas pensé que mes sentiments la bombarderaient. Je n'avais pas considéré que ma propre colère et ma propre frustration seraient oppressantes pour elle, ou qu'elle croirait en être responsable. Même si je cachais mes sentiments à tous ceux qui me regardaient, elle connaîtrait la vérité sous la façade. Elle la percevrait. Elle la sentirait aussi fort que je la sentais moi-même.

Et les émotions de Ryston aussi. C'était un aussi bon guerrier que moi, alors elle devait nous gérer tous les deux. Je me demandais comment elle faisait pour ne pas s'effondrer, tant c'était intense.

Elle n'était pas faible. Non, elle était forte. Courageuse. Rebelle. Magnifique.

À la seconde où je l'avais vue derrière ces putains de barreaux de prison, j'avais su qu'elle était à moi. J'avais parcouru dix années-lumière pour elle et une rangée de simples barreaux en métal ne suffiraient pas à me retenir. Alors qu'elle n'avait qu'une force humaine, Ryston et moi étions non seulement des guerriers prillons, mais des guerriers modifiés. Nous avions la puissance d'un Prillon et la technologie de la Ruche. Les barreaux étaient comme des brindilles pour nos muscles.

Mais Rachel ? Elle n'avait pas craqué face à notre examen minutieux, ni face à sa condamnation par la justice de sa planète, ni même face au putain de médecin prillon. Elle avait un caractère en acier trempé, en plus de ses magnifiques cheveux noirs et à sa peau pâle. Le sommet de sa tête ne m'arrivait qu'à l'épaule, et pourtant elle avait des courbes voluptueuses superbes, parfaitement à la bonne taille pour nos grandes mains, à moi et à Ryston. J'avais déjà rencontré la partenaire terrienne Nial, Jessica, et je connaissais leurs caractéristiques physiques. Sa couleur, radicalement différente de la mienne, ne m'avait pas surpris. Ce qui m'avait étonné, c'était l'attirance que j'avais ressentie pour elle.

Instantanée. Intense. Tellement puissante.

J'avais pensé que je la trouverais séduisante. Attirante. Excitante. Mais je ne m'étais pas préparé à ressentir ce... désespoir.

J'avais envie de l'embrasser, de la toucher, de la goûter, de la baiser, mais je voulais qu'elle en ait envie. De ma part. De la part de Ryston. De nous deux à la fois.

Avant que nous fassions quoi que ce soit avec elle – avant qu'on lui fasse quoi que ce soit – il fallait que je m'assure de tranquilliser ses inquiétudes. Son objection face aux examens du médecin était catégorique. Je l'avais entendu de sa bouche. Je l'avais senti à travers mon collier. Je l'avais pris en compte non seulement à travers mon regard de gouverneur, mais aussi de mon cœur de compagnon.

Elle n'aurait pas à subir l'examen du médecin. Rachel avait eu raison. Sa fertilité n'avait aucune importance. La soumettre à des examens qui l'humiliaient n'était pas acceptable. Comme je l'avais dit au médecin, Ryston et moi serions les seuls à la pénétrer. Avec nos sexes, nos doigts, nos jouets.

La respiration de Rachel s'emballa et elle me jeta un regard, avant de détourner les yeux une fois de plus et je réalisai qu'elle percevait mon envie. Mon désir. Oui, les colliers fonctionnaient très bien. Mais je n'étais pas une bête sauvage. Je n'avais jamais ressenti un désir aussi fort, mais les besoins de ma partenaire passaient avant les miens. J'attendrais aussi longtemps qu'il le faudrait pour qu'elle soit prête. La dernière chose que je voulais, c'était lui mettre la pression et lui faire peur.

Tant qu'elle ne nous aurait pas officiellement acceptés comme compagnons, Ryston et moi, et qu'elle ne nous aurait pas permis de la prendre durant la cérémonie de revendication, elle pouvait nous quitter. Elle pouvait choisir quelqu'un d'autre.

Cette idée était comme une hache plantée entre mes omoplates et je réalisai que si je la perdais, je n'y survivrais pas. J'aurais pu vivre sans espoir pour le restant de mes jours. Mais d'avoir rencontré ma partenaire, la seule femme de l'univers qui m'appartenait, et la perdre ? La rendre malheureuse ? La pousser dans les bras d'un autre guerrier et de son second ?

Plutôt mourir.

Mon sexe n'aurait qu'à patienter en attendant qu'elle soit prête à jouer. Pour l'instant, nous lui parlerions et la rassurerions. J'étais déterminé à gagner sa confiance et son affection. J'espérais, de manière irraisonnée, qu'elle apprendrait un jour à oublier notre contamination par la Ruche et à nous aimer.

Et où était donc Ryston avec ces satanés vêtements ? À chaque pas qu'elle faisait, la couverture traînait sur le sol, jouant à cache-cache avec la peau nue de son dos et de ses épaules.

Si elle baissait les bras, l'étoffe tomberait par terre et elle se retrouverait nue, dans toute sa gloire, sous mes yeux.

Je restai près de la porte, peu désireux de mettre ma détermination à l'épreuve en la suivant dans le salon. Ryston viendrait, lui donnerait une robe pour qu'elle se couvre et nous l'enverrions s'habiller dans la chambre.

Douce, chaude et complètement nue sous sa couverture, Rachel était une tentation trop dangereuse.

Elle parcourait la pièce en touchant à tout. Elle souleva les coussins du canapé et les renifla. Étrange.

« J'espère que la suite te convient, partenaire. C'est chez toi, désormais. Si tu veux changer la moindre chose, tu n'as qu'un mot à dire. »

Son sourire était à la fois nerveux et résigné, tout comme les émotions qui me bombardaient à travers le collier.

« Ça me convient. Pour l'instant, » dit-elle en jetant le coussin sur le canapé et en jetant un regard à la pièce dans son ensemble. Il n'y a pas d'odeur.

Je fis un pas en avant et l'examinai.

« Je ne comprends pas. Tu trouves ça inacceptable ?

— Non. Ce n'est pas ça. »

Elle se dirigea lentement vers moi, parcourant la distance qui nous séparait alors que j'oubliais de respirer. Elle était tellement petite, et pourtant, elle me tenait par les couilles. Des couilles douloureuses.

« Un foyer devrait avoir une odeur, non ? reprit-elle. Comme des biscuits qui sortent du four. Ou l'assouplissant dans le séchoir. De la soupe de poulet sur la gazinière, ou une bougie parfumée qui brûle dans la cuisine. »

Elle s'arrêta lorsqu'elle ne fut qu'à un pas de moi et leva les yeux pour croiser mon regard.

« Mais il n'y a aucune odeur, poursuivit-elle. C'est comme une maison témoin. Jolie, mais personne n'y *vit* vraiment. »

Il n'y avait aucune colère dans ses mots et je ne savais pas vraiment ce qu'elle voulait que je dise.

« J'ignore complètement de quoi tu parles, partenaire. Mais si tu veux que notre maison ait une odeur en particulier, je demanderai aux programmeurs de la base de créer ce que tu souhaites pour que le GMS les reproduise. »

Son sourire compensait toute cette confusion que j'avais ressentie.

« Je n'ai rien compris de ce que tu viens de dire, dit-elle.

— Alors on est quitte. Je n'ai encore jamais dormi dans cet espace. Ce sont les quartiers pour ceux qui ont une partenaire. C'est tout aussi nouveau pour moi que pour toi. »

Je m'attendais à ce qu'elle s'éloigne, mais elle ne bougea pas et resta simplement face à moi, à me dévisager comme si j'étais une énigme qu'elle cherchait à résoudre.

« Des compagnons, dit-elle. Alors, vous m'appartenez vraiment ? »

Sa question pleine d'audace me surprit, mais la vulnérabilité que je percevais derrière ses mots me coupa le souffle. Elle venait de si loin et, même si j'avais peur qu'elle nous rejette, j'étais chez moi. Cette planète était toute nouvelle pour elle. Sa peur d'être rejetée était une inquiétude légitime, en tout cas en attendant qu'elle me croie.

« Oui. »

Elle enfonça les dents dans sa lèvre inférieure, une lèvre que je mourais d'envie d'embrasser, mais je restai parfaitement immobile alors que je la sentais digérer ses émotions, comme si elle était parvenue à une sorte de décision.

« Et maintenant ? » dit-elle.

Je tendis la main et faillis bondir de joie lorsqu'elle la prit dans la sienne sans hésitation. Je la tirai doucement vers moi et la fis avancer jusqu'à ce qu'elle soit pressée contre mon corps, mes bras autour d'elle. Elle se tourna et plaça sa joue sur mon torse.

« Maintenant, on va apprendre à se connaître. Je sais que tu es méfiante, Rachel. Mais tu es à moi, et je ne veux personne d'autre. Ryston et moi, nous prendrons soin de toi. Nous te protégerons, te chérirons, et nous assurerons que tu prennes du plaisir. Lorsque tu porteras notre enfant, nous t'idolâtrerons plus que tu ne peux l'imaginer. Pour nous, partenaire, tu es l'espoir, la vie, un foyer. Tu ne peux pas comprendre à quel point tu comptes à nos yeux. Et nous t'attendrons. Nous attendrons que tu sois prête. »

Elle me passa les bras autour de la taille alors qu'un frisson s'emparait d'elle.

« Et si je ne veux pas attendre ? Et si je veux que vous me baisiez maintenant ? »

Le désir me submergea et, pour la première fois, je réalisai que ce n'était pas les envies de mon corps que je ressentais, mais les siennes. L'envie de trouver sa place, de se rendre, de se sentir désirée monta chez elle comme un ouragan.

La porte s'ouvrit derrière moi et Ryston pénétra dans la pièce.

Là où j'étais toujours raisonnable et réfléchi, Ryston était passionné et intrépide.

Je me tournai pour croiser son regard alors qu'il posait une robe ample de couleur cuivre, la couleur de la famille Rone, et la BAT qu'il avait prise chez le médecin.

À l'intérieur de la boîte se trouvaient les jouets anaux dont nous aurions besoin pour nous assurer que notre partenaire serait prête pour la cérémonie de revendication et j'étais impatient de m'en servir. Quant à la robe, j'approuvais le choix qu'il avait fait. Le collier de Rachel aurait beau rester noir jusqu'à la cérémonie, nous voulions que tout le monde sur cette planète sache exactement à qui elle appartenait.

À nous.

Ryston mit les objets de côté comme s'ils n'avaient aucune importance et parcourut la distance qui nous séparait. J'espérais qu'il ressentait le désir de Rachel à travers son collier. Son regard passa de notre partenaire à moi.

« Par tous les dieux, Maxime, vous allez m'achever, tous les deux. »

Oui, il le sentait, lui aussi.

Rachel poussa une exclamation en sentant le besoin presque irrépressible de baiser qui nous frappa, Ryston et moi, comme un tir de canon à ion.

Sans demander la permission, il plaça ses mains sur les

épaules de Rachel et la fit tourner pour qu'elle se retrouve face à lui.

Elle me tournait le dos et il s'approcha jusqu'à ce qu'elle soit coincée entre nos corps musclés. J'aurais bien protesté, mais la réaction de Rachel m'en dissuada. Un désir pur et douloureux l'emplit alors que Ryston baissait la tête pour l'embrasser.

Pour la revendiquer. Car son désir était comme des flammes dans ses veines. Sans remords. Dominant. Exigeant.

Notre partenaire se laissa aller contre moi et je levai la main pour m'emparer de ses seins alors que Ryston la poussait en arrière avec la force de son baiser, la tête de Rachel blottie contre mon torse.

Il glissa les mains sur les hanches de notre partenaire. Reconnaissant d'entendre un gémissement d'encouragement, j'abandonnai l'idée de prendre mon temps et je parcourais ses courbes, d'abord à travers la couverture.

Et puis merde. Je passai les mains sous ce morceau d'étoffe encombrant pour explorer sa chair nue, toucher ses seins moelleux et faire rouler ses tétons entre mes doigts. Oui. Bon sang, c'était le paradis.

Elle haleta et détourna la tête, mais Ryston lui passa doucement les mains autour du cou et la força à le regarder dans les yeux, la poussa à renverser de nouveau la tête en arrière. Elle était complètement coincée entre nos corps.

La vague de désir qui nous frappa à ce geste me fit l'effet d'un poing autour de mon érection. Elle ne se dégonflait pas. Elle n'avait pas peur. N'était pas timide. Elle aimait qu'on la domine. Elle adorait ça. Et à en juger par ses émotions, elle en avait besoin.

« Tu veux qu'on arrête ? » lui demanda Ryston, même s'il savait qu'elle dirait non.

Elle ne répondit pas tout de suite » et j'aurais juré que mon cœur s'était arrêté de battre alors que j'attendais son verdict. Je n'avais pas envie d'arrêter, j'avais envie de m'enfoncer dans sa chaleur mouillée et de l'emplir de ma semence. Je voulais que mon enfant grandisse dans son ventre. En tant que son compagnon principal, c'était mon droit de la prendre en premier, de féconder son utérus. De la faire mienne. Une fois qu'elle serait enceinte de notre premier enfant, ce serait au tour de Ryston. Mais en attendant, la chatte chaude et mouillée de Rachel était toute à moi.

Elle garda ses yeux fixés sur Ryston – non pas qu'il la laisse regarder ailleurs – et leva haut les bras pour me les passer autour du cou. Elle enfouit les doigts dans ses cheveux et cambra le dos, collant ses seins à mes mains, exigeant mon attention.

« Non. Je ne veux pas arrêter. »

6

Maxime

« Merci mes dieux. »

Les mots de Ryston étaient un souffle féroce alors qu'il baissait la tête pour s'emparer une fois de plus de la bouche de Rachel alors que je me servais de ma position pour jeter la couverture qui nous cachait les formes de notre partenaire. Plus rien ne se dressait entre nous, à présent.

« Oh putain », murmurai-je en contemplant la beauté contre moi.

La peau de Rachel était d'un blanc laiteux... partout. Enfin, presque partout. En baissant les yeux, je pouvais voir que ses tétons étaient rose pâle et je les imaginai prendre une couleur rubis lorsque je jouerais avec. Le collier noir autour de son cou ne faisait que renforcer mon érection, car elle nous appartenait, à nous et à nous seuls.

L'excitation montait et montait entre nous alors qu'ils

s'embrassaient. Alors que leurs lèvres se touchaient, que leurs langues se caressaient, je savourais tout.

Ryston leva la tête et fit un pas en arrière.

« Tiens-la, Maxime. »

Avec plaisir. Avec mes mains sur ses seins, elle n'irait nulle part.

Pas alors que je prenais ses tétons entre mes doigts et que je les tirais et les pinçais. Cette légère douleur était un test. Lorsqu'elle cria mon nom avec abandon, je sus qu'elle pouvait en supporter plus.

Ryston revint avec la BEA que le médecin nous avait donné et en ouvrit le couvercle.

« Tu prendras la queue de Maxime par devant, Rachel, mais tu prendras aussi l'une de ces choses-là. »

Je lâchai les tétons de Rachel et lui caressai les seins avec douceur. Il fallait qu'elle puisse observer et réfléchir, au moins pendant une minute ou deux. Ensuite, il n'y aurait plus de pensées, rien que des sensations.

« Est-ce que c'est...

— Des plugs anaux, » confirma Ryston.

Il leva les yeux de la boîte. J'avais beau ne pas voir son visage, je ressentais l'intensité du regard de mon second, savais qu'il était complètement concentré sur elle. Elle passerait toujours en premier pour lui.

Une chaleur bouillonnante s'empara de moi. Les yeux de Ryston eurent une étincelle de compréhension.

« Tu aimes ce genre de choses ? demanda-t-il à Rachel.

— Oui, mais je n'ai jamais... Enfin, on ne m'a jamais prise par-derrière.

— Avec une queue, tu veux dire ? » lui murmurai-je à l'oreille.

Elle hocha la tête contre mon torse.

« Tu aimes qu'on te mette un doigt pendant qu'on te baise ? »

Elle hocha de nouveau la tête.

Je baissai la voix, un simple grondement à présent, et pressai mon érection contre ses fesses, pour qu'elle sache à quel point j'avais envie d'elle.

« Et un doigt enfoncé bien profond pendant qu'on te prend par devant ?

— Oui, murmura-t-elle.

— Et ce genre de jouets ? Tu aimes qu'on te baise avec ? »

Elle poussa un gémissement, les yeux braqués sur la boîte.

« Je... je n'ai jamais... Bon sang, c'est tellement intense. C'est... j'arrive à sentir votre désir en plus du mien.

— Oui, dit Ryston en la clouant au sol avec un regard entendu. Et on sait tous les deux que tu veux qu'on joue avec ton derrière, qu'on prépare cet endroit vierge pour ma queue.

— Oui. Oui, s'il vous plaît. »

Ryston passa le contenu de la boîte en revue et en sortit un plug petit et étroit. En le regardant, Rachel ne pouvait pas deviner qu'il vibrait, mais elle le découvrirait bien assez tôt, lorsqu'il serait profondément enfoncé en elle.

Ryston lui passa une main derrière la nuque et l'attira contre lui avec douceur, avant de s'emparer de sa bouche. Cette fois, leur baiser fut plus passionné, sauvage et incontrôlé, tout comme mon second. Avec lui, il n'y avait pas de demi-mesures. J'étais un amant dévoué, puissant, plein de désir, mais je n'avais pas cet empressement qu'avait Ryston. Il pousserait notre partenaire, nous pousserait tous les deux, et compterait sur moi pour mettre le holà s'il allait trop loin, comme pour tout le reste.

Si c'était moi qui étais gouverneur et lui notre pilote le plus estimé, c'était pour une bonne raison. Ryston aimait l'adrénaline que lui apportaient les situations dangereuses. Il était passionné et sauvage là où j'étais stable, centré. J'étais la personne autour de laquelle tournait toute la base, leur roc. Prudent et méticuleux.

Ryston repoussait les limites. Et je n'avais jamais été aussi content de mon choix que lorsqu'il brandit le plug anal.

« C'est à toi, partenaire. Prends-le. Sens-le. Sache que je te pénétrerai bientôt avec. »

La réaction de Rachel me fit l'effet d'un coup de poing dans le ventre. Je sus, avant même que ses genoux cèdent, que le désir de Ryston et le mien la submergeait. Je la maintins en place alors qu'elle retrouvait l'équilibre.

Ryston posa la boîte et tendit la main avec un sourire diabolique sur son visage. Lorsqu'elle plaça sa main dans la sienne, je la lâchai et il la mena jusqu'à la chambre. Je les suivis, content de voir les fesses nues de notre partenaire onduler devant moi, en sachant que bientôt, elles serviraient de terrain de jeu à Ryston pendant qu'elle me chevaucherait.

Elle marqua une pause et baissa les yeux.

« Je suis toute nue. »

Ryston se dirigea vers le lit, se retourna, et regarda le sexe de Rachel. Je ne l'avais pas encore vu, et bon sang, j'en mourais d'envie.

J'allai me placer à côté de mon second, permettant à Rachel de nous admirer. Nous étions beaucoup plus grands qu'elle et vêtus d'une armure complète. Le fait qu'elle ne s'enfuie pas en poussant des cris de terreur m'émerveillait. Je ne pus m'empêcher de la contempler également. Pour quelqu'un d'aussi petit, ses jambes étaient longues et galbées, ses hanches larges, sa taille fine, les seins fermes et ses tétons fiers.

Entre ses cuisses, ses lèvres étaient roses, mais d'une teinte plus foncée que celle de ses tétons. Aucun poil ne cachait son désir, car elle luisait d'excitation.

« Oui, on adore les chattes nues. Et ça te plaira aussi, dis-je. Surtout quand tu jouiras contre ma bouche. »

Rachel se frotta les jambes l'une contre l'autre. Comme si cela soulagerait son désir. Mais rien ne le pourrait, sauf une bonne baise.

« Est-ce qu'on est différents des hommes terriens ? » demanda Ryston en remarquant qu'elle nous regardait avec hâte et curiosité.

Je n'avais pas envisagé que nous puissions être différents des hommes de sa planète. Heureusement que j'avais un second. Si je ne l'avais pas pour poser toutes les bonnes questions, je ne serais pas un très bon compagnon.

Elle sourit et haussa les épaules.

« Eh bien, je ne vous vois pas assez pour comparer.

— Es-tu en train de dire que tu veux mieux nous voir, partenaire ? demandai-je. En entier ? »

Elle hocha la tête en se mordillant la lèvre.

« Chaque centimètre carré de votre corps nu. »

Alors que nous nous débarrassions de nos bottes et de nos armures, elle poursuivit :

« Il paraît que les extraterrestres ont des sexes énormes. Et que vous pouvez baiser pendant des heures.

— C'est une rumeur que tu as entendue, ou un fantasme ? » demanda Ryston en baissant son pantalon pour libérer son membre.

Je me déshabillai rapidement, puis saisis la base de mon sexe et le caressai lentement, en la laissant nous regarder. Les yeux écarquillés, elle semblait très, très intéressée. Des vagues de chaleur et de désir émanaient d'elle.

Je n'étais pas pudique, pas le moins du monde. Si notre partenaire voulait nous reluquer, nous regarder jouir sous ses yeux, ça ne me dérangeait pas. Je serais profondément enfoncé en elle, alors je n'avais aucune raison d'interrompre Ryston dans son petit jeu.

« Ni l'un ni l'autre, répondit-elle enfin. J'espère seulement que c'est vrai. »

Elle se dirigea vers nous et prit un sexe dans chaque main avec audace ;

« je n'arrive même pas à refermer les mains dessus, » dit-elle d'une voix émerveillée.

Elle se laissa tomber à genoux devant nous, sans lâcher nos sexes, et nous attira vers elle sans ménagement, soudain aux commandes. Elle passa le bout de sa langue rose sur sa lèvre inférieure.

« Venez ici. Si ces queues sont à moi, je veux les goûter. »

Ryston renversa la tête en arrière et poussa un grognement alors qu'elle refermait la bouche sur lui. Elle serra la base de mon sexe pendant qu'elle lui donnait du plaisir, et je fus incapable de la quitter des yeux, car dans quelques secondes, cette petite bouche chaude et douce serait à moi.

∗ ∗ ∗

Rachel

Nom de Dieu.

Ils étaient gigantesques. Leurs têtes et leurs visages étaient un tout petit peu plus grands que ceux d'un humain et leurs traits légèrement anguleux leur donnaient l'air de prédateurs extraterrestres féroces.

La façon dont ils me regardaient et l'excitation qui me consumait à travers le lien que nous fournissaient ces colliers high-tech m'empêchaient de réfléchir. Tout ce que je pouvais faire, c'était désirer.

Aucun artiste n'aurait pu concevoir de corps aussi parfaits que ceux qui se tenaient face à moi. Leurs torses étaient larges et musclés, chaque plein bien défini, de leurs deltoïdes à leurs tablettes de chocolat, que j'avais hâte d'explorer. Leurs sexes étaient énormes, à tel point que je craignais de ne pas pouvoir faire plus que de les lécher.

Leurs corps étaient puissants, de leurs doigts épais que je voulais en moi jusqu'à leurs cuisses larges qui les ancraient au sol comme des tanks.

Avec la perfection or pâle de Ryston et la peau foncée couleur café de Maxime, mes yeux n'arrivaient pas à se faire à tant de beauté.

Aucun homme ne devrait être aussi séduisant. Et j'en avais deux.

Le bras gauche de Maxime, de l'épaule au coude, était couvert des drôles de circuits argentés que Ryston avait sur le côté du visage. Sur sa peau plus foncée, les marques de sa captivité, de la Ruche, ressortaient, soulignant chacun de ses muscles.

Je savais à quel point ils étaient forts, tous les deux, à la manière dont ils avaient écarté les barreaux de ma cellule comme s'il s'était agi de cire chaude. Et cette force, si brutale et impressionnante, fit trembler mon corps d'impatience. Ils avaient une telle maîtrise de soi.

J'avais envie de mettre cette maîtrise de soi à l'épreuve. Je voulais les pousser dans leurs retranchements. Je voulais qu'ils aient envie de me pénétrer au point d'en perdre la tête. Le visage de Ryston. Le bras de Maxime. Ce n'était pas grand-chose, mais cela les rendait encore plus exotiques. Plus sexy.

Bon sang, j'avais toujours pensé être une cochonne, mais ces deux-là, avec leur désir, me donnaient l'impression d'être en chaleur. Et ça me plaisait.

Ça allait être tellement mieux que mes doigts sous la couverture de la prison. Je les voulais tous les deux. Je voulais leurs peaux contre la mienne, qu'ils m'entourent de toutes parts. Je voulais être prise en sandwich.

Le tapis était si doux sous mes genoux lorsque je les attirai vers moi... par le sexe. À la moindre pression de ma part, ils allaient où je voulais. Ces hommes musclés et forts étaient à moi.

Je ne m'étais jamais sentie aussi féminine, si puissante. Si excitée que j'avais du mal à respirer.

Qui avait besoin d'air, lorsqu'il était possible de contrôler un homme d'un coup de langue ?

Penchée en avant, je caressai Maxime avec ma main droite tout en prenant Ryston dans ma bouche, impatiente de savoir quel goût ils avaient.

Il renversa la tête en arrière et poussa un grognement. Son plaisir, intense et brûlant, traversa nos colliers et Maxime se contracta dans ma main, ressentant la réaction de Ryston aussi bien que moi. Mon sexe était déjà trempé, mais le désir voyagea jusqu'à mes seins, qui mouraient d'envie d'être touchés alors que je me contractais sur le vide.

Je suçai Ryston durant quelques instants avant de le relâcher pour conquérir Maxime, sa chair plus foncée, une vision érotique que j'avais hâte de goûter.

Avec le membre humide et dur de Ryston dans la main, je pris Maxime dans ma bouche d'un geste rapide et fluide jusqu'à ce que son gland heurte le fond de ma gorge.

Il resta stoïque et immobile, mais la chaleur qui émanait de lui à travers le collier me mit dans tous mes états et m'arracha un gémissement.

« Par tous les dieux, soupira Ryston pour nous trois en s'avançant pour me prendre par les cheveux. Suce-le de toutes tes forces, Rachel. Mets-le à genoux. »

Ses mots étaient si autoritaires, que quelque chose de primaire s'éleva en moi en réponse à son ton et à sa main dans mes cheveux. J'avais toujours aimé les hommes qui prenaient les rênes au lit, mais ça... J'avais pensé que ce serait Maxime le plus dominateur des deux. C'était le putain de gouverneur de la Base 3. Il avait l'autorité dans le sang. Mais il restait impassible, réservé. Ryston n'hésitait pas à me dominer, mais je savais que Maxime était tout aussi susceptible de se montrer exigeant.

Eh merde. Plus Ryston gémissait, plus je mouillais.

Je le caressai avec plus de vigueur, un peu trop fort, et il se pressa contre mon poing alors que je reculais et prenais profondément Maxime dans ma bouche encore et encore, le plus vite possible, tout en caressant le dessous de son membre avec ma langue.

Ils avaient un goût différent, chaud et musqué. La sensation de leurs sexes dans ma bouche était différente elle aussi. Le gland de Maxime était plus large, tandis que le membre de Ryston était plus épais.

« Fais-moi jouir, partenaire, dit Ryston alors que je le caressais. Oui ! Suce-le plus fort ! Prends-le plus profond. »

Les mots cochons de Ryston me motivèrent jusqu'à ce que mes sens bondissent d'avant en arrière tandis que je baisais Maxime avec ma bouche. C'était un roc, qui nous faisait perdre la tête à Ryston et à moi.

« Ça suffit, » intervint Maxime.

Deux mots de sa part et je reculai, le libérant avec un bruit mouillé. J'attendis là, à genoux devant lui, incapable de lui désobéir, mon corps tout à lui. J'avais la respiration saccadée, les lèvres gonflées, les tétons durs comme du bois.

Maxime me tira par les bras pour me mettre debout afin de s'emparer de ma bouche dans un baiser aussi tendre et maîtrisé que celui de Ryston avait été passionné. Mes seins pressés contre son torse, Maxime me souleva et me maintint sans les airs tandis qu'il explorait ma bouche avec une minutie qui me coupa le souffle.

Ce n'était pas parce qu'il était silencieux qu'il n'était pas rigoureux. Exigeant.

Alors que Maxime m'embrassait, Ryston vint se placer derrière moi et me passa les mains sur le dos et les jambes, avant de me pétrir les fesses tandis que ses lèvres se promenaient sur mes épaules.

« J'ai envie de la lécher, » gronda-t-il.

Maxime interrompit notre baiser et secoua la tête.

« Non. Tu l'as embrassée en premier. Sa chatte m'appartient.

— Gros dur. »

Maxime me mordilla les lèvres alors que derrière moi, Ryston répondait :

« Passe-lui les jambes autour de tes hanches pour que je puisse la remplir avec le plug qu'elle a choisi. Ensuite, on pourra la baiser.

Il était tellement cru, mais mon corps n'en fit qu'à sa tête lorsque Ryston me passa la main entre les jambes pour me toucher le sexe.

« Oh, oui, Maxime. Cette idée lui plaît. Sa chatte est tellement mouillée qu'on pourrait la prendre tout de suite. »

Maxime recula et s'assit sur le lit. Il s'allongea en arrière et me tira sur lui, les genoux de chaque côté de ses hanches pour que je le chevauche. Ses bras me maintinrent le dos avec une poigne de fer, me plaçant de manière à ce que mes fesses soient offertes à Ryston.

Il me passa une main derrière la nuque et me prit les cheveux avec force, et la douleur me fit sursauter. Je croisai son regard sombre. Non, il ne fallait pas le sous-estimer. Il était tout aussi dominateur que son second.

« Vas-y, Ryston. »

Je n'eus pas le temps de protester alors que Maxime m'attirait contre lui et me donnait un baiser ardent. Son sexe dur comme du bois était coincé entre nous alors que je sentais la main de Ryston explorer mes fesses avec douceur, avant de glisser quelque chose de tout petit dans mon entrée de derrière. Je me tortillai alors que quelque chose de chaud et mouillé me pénétrait, comme s'il m'enduisait de lubrifiant pour me préparer. La bouche de Maxime et les mots apaisants de Ryston me rassurèrent et je me soumis à mes deux compagnons et à tout ce qu'ils voulaient me faire en cet instant.

Je voulais leur suffire. Je voulais les rendre heureux. Complets. Satisfaits.

« Ne bouge pas, partenaire. »

Ryston retira le tube de lubrifiant, puis son doigt fit le tour de mon entrée serrée, étalant le liquide chaud à la texture huileuse.

« Ce cul m'appartient, » dit-il.

Mes terminaisons nerveuses se réveillèrent, me couvrant de chaleur et de sueur. C'était intense et différent et j'adorais ça. Je sentis qu'ils en avaient eux aussi envie et cela me débarrassa de mes dernières inhibitions. Je m'étais montrée audacieuse dès le départ et je continuerais de l'être.

Maxime plongea profondément sa langue dans ma bouche alors que Ryston me glissait un doigt dans les fesses et dans le vagin en même temps. Un troisième doigt vint me caresser le clitoris et je tentai de me libérer du baiser de Maxime alors qu'une plainte s'échappait de ma gorge. Ryston, bien que doux, se montrait très exigeant avec moi. Il n'y allait pas de main morte pour me plonger dans l'extase.

Maxime me maintint en place et avala tous les crus de plaisir comme s'ils lui appartenaient.

Ryston continua de me doigter avec précaution, mais application, tandis que Maxime m'immobilisait. Dedans. Dehors. Ses doigts étaient longs et épais et se firent plus empressés alors qu'il sentait la tension quitter mon corps.

« Notre petite partenaire va jouir sur mes doigts. »

Je tentai de bouger, d'onduler d'avant en arrière, de pousser les doigts de Ryston à plonger en moi au rythme que je voulais. Au rythme dont j'avais besoin.

Mais non. C'était lui qui décidait du rythme.

Un orgasme monte en moi, si puissant...

Ryston se retira, me laissant vide et impatiente d'être pénétrée à nouveau.

Je poussai un cri, une plainte de désir.

Une fois de plus, je tentai de lever la tête, mais Maxime m'en empêcha, me pressant contre lui, sa bouche sur la mienne, sa langue en moi et, bon sang, cela m'excitait. Me faisait mouiller.

Merde.

« Ça plaît à notre partenaire, n'est-ce pas ? » dit Ryston.

Son petit rire satisfait fut suivi par une claque douloureuse sur mes fesses nues.

Je sursautai alors que la brûlure me parcourait le derrière, une chaleur qui se dirigea droit vers mon clitoris. Je gémis et suçai la langue de Maxime comme s'il s'était agi de son sexe.

Pan !

Pan !

Pan !

Feu. Chaleur. Mon vagin se contractait d'envie.

Je gémis et Maxime interrompit notre baiser.

« Ça suffit. »

Ryston rit, mais ses doigts se posèrent sur mes fesses et je sentis le bout dur et allongé du plug anal que j'avais choisi dans la boîte me pénétrer avec douceur.

« Il est vachement autoritaire, hein ? » dit Ryston.

La tête blottie dans le cou de Maxime, je ne pus m'empêcher de haleter alors que Ryston faisait entrer le plug entre mes fesses. Il n'était pas très gros, bien moins imposant que son sexe, mais je me sentais remplie, étirée et vraiment très coquine.

Bon sang, c'était agréable d'être une mauvaise fille. Si j'avais su que c'était aussi plaisant, j'aurais tenté les plans à trois sur Terre.

Le plug anal se glissa profondément en moi et je mordis l'épaule de Maxime avec un soupir. Tellement bon. Mais pas suffisant. Même comme ça, je me sentais vide. Désespérée. En manque.

Des larmes m'emplirent les yeux et je fus incapable de contenir mes émotions, mon désir, ce besoin irrépressible.

Maxime me souleva et me fit pivoter pour que sa tête se trouve au bout du lit. Il y avait tout juste assez de place pour poser mes genoux alors que je plaçais mon sexe au-dessus de sa bouche.

Sa langue lécha mon clitoris durant quelques secondes et je renversai la tête en arrière alors que Ryston venait se placer devant moi, son sexe pile au bon endroit pour que je le suce.

Impatiente, j'ondulai des hanches et frottai mon clitoris contre Maxime alors que je prenais l'énorme sexe de Ryston dans mes mains et le caressais avec douceur, prenant son gland dans ma bouche et le suçant avec force, avec autant d'effort que Maxime en fournissait avec moi.

Il avait si bon goût, légèrement musqué. Cette saveur me donna envie de rentrer les joues pour téter sa semence. Du liquide pré-séminal salé me couvrit la langue et je gémis.

Les bras de Maxime se levèrent pour m'écarter les petites lèvres, m'ouvrant pour que sa langue me transperce, imitant ce que je l'espérais, son sexe ferait bientôt, mais plus profondément. Le plaisir qu'il prenait à la tâche me fut transmis à travers nos colliers et je me tortillai sur lui, sans me soucier qu'il puisse ou ne puisse pas respirer. J'avais besoin de lui. J'avais tant besoin de lui que je ne serais jamais rassasiée.

Avec un gémissement, Maxime me souleva de sa bouche. Obligée de lâcher le sexe de Ryston, je fus soulevée par ce dernier, qui m'embrassa. Maxime alla s'asseoir au bord du lit. Lorsque Ryston me reposa, ce fut pour me placer sur les genoux de Maxime comme si je m'asseyais sur une chaise.

Les bras de Maxime vinrent me caresser les seins et sa voix rocailleuse me fit me tortiller de plaisir :

« Maintenant, je vais te baiser et te remplir avec ma semence. Et tu vas sucer Ryston et avaler chaque goutte de la sienne. »

Mon regard se posa sur Ryston et ses yeux s'emplirent de désir, d'excitation et d'une impatience telle que je n'aurais rien pu lui refuser.

« D'accord, dis-je.

— Ryston. »

Sur les ordres de Maxime, Ryston s'avança et me souleva légèrement pour que Maxime puisse placer son membre à l'entrée de mon sexe. Le plug anal que j'avais entre les fesses m'étirait, mais il faisait aussi que mon vagin était plus serré, tellement serré.

Les mains sur mes hanches, ils me soulevèrent et me baissèrent sur le sexe de Maxime, me poussant à le prendre plus profondément à chaque fois.

« Je... Tu es trop gros, » gémis-je lorsque cela devint trop pour moi.

J'étais trop étirée, et il s'enfonçait tellement... Il était *trop* bien monté.

« Chut, » me dit Maxime à l'oreille.

Avec une main apaisante sur mon dos, il ajouta :

« Penche-toi en avant. Oui, comme ça.

— Oh, » m'exclamai-je lorsque le changement de positon m'aida à m'empaler complètement sur lui.

Les poils doux de ses cuisses musclées me chatouillèrent l'arrière des jambes. Avec le plug dans les fesses, j'étais tellement serrée. Comment parviendrais-je à les prendre tous les deux à la fois ? Je clignai des yeux et vis que Ryston se tenait devant moi, à se caresser en regardant son ami, son gouverneur, son Prime, me pénétrer.

Une goutte de liquide pré-séminal lui couvrait le gland et je salivai à l'idée de le goûter à nouveau.

Je déplaçai légèrement les hanches, respirai et tentai de me détendre, de permettre à mes parois internes de s'ajuster à Maxime.

« C'est bien. Bonne petite. Ça va mieux ? demanda Ryston.

Tu sais à quel point tu es belle ? Je viens de regarder ta chatte parfaite avaler la queue de Maxime. Le simple fait de savoir qu'il est enfoncé en toi me donne envie de jouir. Et le plug anal, bon sang, je suis jaloux de ce plug anal. Bientôt, partenaire. Bientôt. Mais d'abord, suce-moi, et on jouira tous ensemble. »

Cette idée plaisait aux deux guerriers. Je le sentais dans mon collier. Ils voulaient que nous prenions tous du plaisir. Le fait que nous puissions tous être aussi ouverts, aussi passionnés, aussi sauvages aussi vite après notre rencontre les excitait.

Nous étions parfaits les uns pour les autres et, pourtant, je réalisais que c'était moi qui nous liais tous. Lorsque je me penchai davantage en avant, je pris le sexe de Ryston dans ma bouche et m'enfonçai sur le membre de Maxime. Les mains sur mes hanches, il m'aida, m'empalant sur lui comme il le souhaitait.

Le plaisir nous enveloppa tous les trois. Un coup de reins, une léchouille, un va-et-vient sur le sexe de Ryston. Un grognement, une plainte. C'était trop pour moi. Mes doigts me picotaient, ma peau me brûlait, ma respiration était saccadée. Mon derrière était rempli, mon vagin plein à craquer. Ma bouche était ouverte au maximum.

J'étais une vraie cochonne. Une sauvage. C'était ce que j'avais toujours voulu, sans le savoir.

Lorsque la main de Maxime vint me caresser le clitoris, je jouis. Mes cris furent étouffés par le membre de Ryston, mais mon plaisir le poussa à l'orgasme, et des jets chauds m'éclaboussèrent la langue. J'avalai son fluide salé, encore et encore, engloutissant le plaisir de mon compagnon pour le mêler au mien. C'en était trop pour Maxime et il m'agrippa les hanches, m'abattit sur lui et jouit avec un gémissement rauque.

La sensation de son sperme chaud en moi eut de nouveau raison de moi. Sans le sexe de Ryston (il s'était retiré et me caressait la joue), je criai leurs deux noms, l'un après l'autre. Je ne savais pas lequel dire en premier, car même si Ryston était le second de Maxime, ils m'appartenaient tous les deux.

À égalité. Lorsque je ressentis leur plaisir à travers nos colliers, nous étions tous sur un pied d'égalité. Rassasiés. Satisfaits. Bien baisés.

7

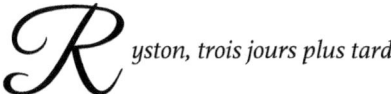

Ryston, trois jours plus tard

« JE NE VOIS PAS de bonne raison d'y aller. On n'a pas besoin de quitter la suite, » grommelait Maxime.

Il était amusant de voir le guerrier qui dirigeait toute la base pleurnicher à l'idée d'aller à un dîner officiel, l'un des plus importants de la Colonie, et le plus important de la Base 3. Et c'était la première fois que la Colonie accueillerait le Prime de notre monde d'origine. Avant le prince Nial, son second et sa partenaire, aucun habitant de Prillon n'avait posé le pied ici depuis des décennies. Les citoyens de notre planète d'origine avaient trop peur des guerriers contaminés qui vivaient ici. Même avec le nouveau Prime et le changement de lois, les vieux préjugés et les vieilles superstitions persistaient.

« Le prince Nial et sa famille ne voudront pas manger de la nourriture synthétisée par le GMS dans la cafétéria pendant qu'on baise notre magnifique partenaire dans une autre pièce, » dis-je en riant.

L'avenir nous souriait. Notre partenaire était une amante passionnée et se soumettait avec douceur à mes besoins sauvages. Son corps était devenu une obsession pour moi. Je me surprenais à penser à elle pendant des heures, à ce que je pourrais lui faire, à ce qu'elle m'autoriserait à lui faire… et à ce qu'elle pourrait refuser. Je voulais la pousser dans ses retranchements, tester ses limites. Je voulais savoir ce qui la rendrait folle de désir pour nous. Je voulais qu'elle se tortille sur le lit en nous suppliant. Je voulais qu'elle ait envie de nous au point de ne plus former la moindre pensée cohérente.

Et je voulais la revendiquer pour toujours, prendre ses fesses vierges pendant que Maxime pénétrerait son sexe délicieux. J'en avais tellement envie que si j'y pensais trop, j'avais du mal à respirer.

« Par tous les dieux, Ryston. Arrête, ou on n'arrivera jamais jusqu'à la salle à manger.

— Désolé, Maxime. Je ne peux pas arrêter de me dire qu'on est les plus chanceux du monde. »

Je me passai la main dans les cheveux alors que Maxime enfilait ses bottes, gêné par mon silence, pour une fois. Je savais ce que j'étais censé dire, mais forcer les mots à passer mes lèvres était difficile, comme vomir des clous. Je n'étais pas à la hauteur de l'honneur que Maxime m'avait fait en me choisissant comme second. La colonie comportait d'autres guerriers plus grands, plus forts et avec des rangs plus élevés. Des hommes qui avaient combattu en première ligne plus longtemps que moi. Je n'étais pas à la hauteur, mais je ne pouvais pas renoncer à Rachel, pas maintenant que j'avais goûté au paradis.

« Merci de m'avoir choisi, Maxime. Je sais qu'il y en a d'autres… »

Maxime se renfrogna et se leva d'un geste fluide et une étrange émotion que j'avais du mal à placer me frappa à travers mon collier. Être connecté à notre partenaire était divin, mais ce flot perturbant d'émotions presque violentes de la part de Maxime me perturbait. Maxime était Maxime. Gouverneur. Leader. Une volonté de fer, une force d'acier. En apparence, c'était le même homme que j'avais suivi à la guerre un nombre incalculable de fois, le même guerrier sur lequel j'avais compté pour nous sortir des pires ennuis. Lorsque nous avions été capturés et torturés par la Ruche, sa force avait sauvé toute notre unité du désespoir de notre bannissement.

Et pendant tout ce temps, Maxime avait été un repère face aux émotions difficiles à décrypter, un leader que je respectais et admirais, tout le contraire de mon besoin de repousser les limites, de lutter et de foncer tête baissée dans la bataille.

Mais grâce à notre lien avec Rachel, je pouvais désormais avoir un aperçu de ce qui se cachait derrière le masque et les envolées grandioses de ses émotions me rendaient perplexe, leur férocité me coupant parfois le souffle.

Mais l'émotion qui le parcourait à présent se transforma en satisfaction, un sentiment étrange et merveilleux que ni lui ni moi n'avions beaucoup ressenti avant de la rencontrer.

« Je ne voudrais personne d'autre comme second, Ryston. Et tu m'as prouvé que j'avais fait le bon choix lors de la première nuit avec notre partenaire. »

Maxime se dirigea vers moi et me donna une tape sur l'épaule, avant de poursuivre :

« Tu savais jusqu'où tu pouvais la pousser. Mes précautions l'auraient privée d'une satisfaction totale. Je l'aurais déçue. Tu étais le bon choix. Elle a besoin de toi. »

Ses mots me pénétrèrent le corps comme si un millier d'insectes me rampaient sous la peau. Je n'avais pas l'habitude de ce genre de conversations et je passai d'un pied sur l'autre, désireux de mettre de la distance entre nous.

Eh merde. J'avais besoin d'aller tirer sur quelque chose.

« Oh, vous vous rapprochez, » dit Rachel en entrant dans la pièce.

Elle portait la robe couleur cuivre que j'avais générée pour elle lors de sa première nuit ici. C'était la première fois en trois jours que nous l'autorisions à s'habiller, son appétit sexuel aussi dévorant que le nôtre.

— C'est mignon, ajouta-t-elle. Vous êtes adorables.

Maxime fit un bon en arrière au même moment que moi et Rachel éclata de rire. Ses yeux marron brillaient de bonheur et son sourire me fit chaud au cœur. Elle semblait heureuse. Satisfaite. Comme une partenaire devrait l'être.

Et cette robe moulait la moindre de ses formes, tombant et scintillant sur ses seins et ses hanches comme la caresse d'un amant. Des seins et des hanches que j'avais goûtés. Touchés. Léchés.

Mon sexe se mit à durcir alors que Maxime croisait les bras sur sa poitrine en examinant notre partenaire.

« Tous les guerriers de la base vont vouloir se battre pour toi. »

Le soupir de Maxime exprimait à la fois sa joie d'avoir une partenaire aussi belle et sa résignation face à l'inévitable. Il y avait très peu de femmes sur la Colonie. Et étant donné que le collier de Rachel était toujours noir et que la cérémonie de revendication n'avait pas encore eu lieu, il y aurait peut-être un ou deux guerriers disposés à nous l'enlever, à la convaincre de changer d'avis et de les choisir à notre place.

« Je les tuerai. »

Ma déclaration m'échappa avant que je puisse me censurer.

Durant un instant, je crus avoir offensé ou effrayé notre partenaire, mais elle rit, et ce son était une lueur dans les ténèbres de l'existence que j'avais menée avant son arrivée. Sans elle, il n'y avait pas de rires. Pas de joie. Pas d'espoir.

Je regardai Maxime, et dis :

« Tu as raison. Je ne crois pas qu'on devrait quitter la suite.

— Il le faut, intervint Rachel. Je dois rencontrer Jessica. Elle vient de la Terre et je veux lui parler. »

Elle se tapota les cheveux. La coiffure complexe qu'elle avait au sommet de la tête soulignait son beau visage dans une douce cascade de couleur. Son cou était nu, n'attendant que ma bouche.

Maxime se dirigea vers elle et lui posa une main sur la joue. Tout en moi se figea en voyant leur tendre interaction alors qu'elle se penchait contre lui et fermait les yeux avec délectation.

« J'ai essayé de t'avertir, Ryston, dit Maxime. Maintenant que le Prime est là, il est trop tard pour annuler. »

Rachel leva la main pour lui toucher la joue et elle sourit.

« On n'annule rien du tout. On y va. Tout de suite. »

Rachel s'était préparée dans la salle de bain et s'était cachée jusqu'à ce qu'elle soit prête. Nous l'avions attendue pendant plus d'une heure, Maxime assis sur le canapé, son corps immobile, mais ses émotions en ébullition. J'avais fait les cent pas, de la porte jusqu'au lit, en luttant contre l'envie de me déshabiller et de me mettre sous la douche avec elle lorsque nous l'avions entendue se savonner et se rincer. Vu la façon dont Maxime avait remis en place dans son pantalon de soirée, je savais que nous avions eu la même pensée.

J'avais passé tout le temps restant à m'imaginer sa peau nue prendre une délicieuse teinte rose, ses cheveux boucler légèrement à cause de la vapeur et ses tétons gonfler sous la chaleur.

Je savais parfaitement bien quels effets avait l'eau chaude sur sa peau pâle, car j'avais déjà pris deux bains avec elle.

Je ne pouvais pas la pénétrer par devant, pas tant qu'elle ne serait pas tombée enceinte de Maxime et comme son derrière n'était pas encore prêt à accueillir mon sexe, j'avais dû me contenter de la lécher alors qu'elle s'adossait à la baignoire. Ça ne m'avait pas dérangé le moins du monde, surtout alors que je me caressais jusqu'à la jouissance, éclaboussant son ventre et ses seins et m'obligeant à la nettoyer à nouveau.

Rachel prit une inspiration et se tourna vers moi pour me jeter un regard noir, ses tétons visiblement durcis sous sa robe.

« Toi, arrête ça tout de suite.

— Tu es irrésistible, partenaire. Je ne peux pas m'empêcher de te désirer. »

Rachel haussa les sourcils alors qu'elle retournait dans la salle de bain pour faire je ne sais quel truc mystérieux que les femmes font lorsqu'elles se préparent. Je remarquai ensuite qu'elle était pieds nus, et qu'elle était sans doute allée chercher ses chaussures.

Maxime la regarda partir et se passa une main dans les cheveux dans une rare démonstration de gêne que je perçus grâce à mon collier.

« Le Prime est un guerrier qui vient tout juste d'être accouplé. Il comprendra notre besoin de baiser Rachel. Après tout, on n'a que trente jours – vingt-sept, à présent – pour la convaincre de nous choisir. »

Il se passa une nouvelle fois la main dans les cheveux, et ajouta :

« On aurait dû attendre la cérémonie de revendication pour organiser ce dîner. »

Je me penchai sur le dossier du canapé et croisai les bras. Maxime et moi étions tous les deux prêts à partir. Nous n'avions rien d'autre à faire que d'attendre notre partenaire. Je n'avais jamais été aussi heureux de ne rien faire.

« Dame Deston veut nous aider. Elle est originaire de la Terre et elle devrait aider Rachel à se sentir acceptée ici. Elle a même invité un guerrier terrien qui vit ici à venir ici, sur la Base 3. Si Rachel trouve d'autres gens comme elle, avec le même genre de coutumes, elle s'adaptera plus vite et trouvera son bonheur sur cette planète. Nous nous battrons pour elle et nous la protégerons, Maxime, mais elle est intelligente et passionnée. Malheureusement, la baiser ne suffira pas à la rendre heureuse d'être ici. »

À en juger par le regard qu'il me lança, ce que je venais de dire ne plaisait pas beaucoup à Maxime, mais il ne répondit rien car il savait que j'avais raison.

Rachel sortit de la salle de bains à cet instant et je l'examinai sans vergogne des pieds à la tête. La robe que je lui avais donnée à son arrivée était restée posée sur une chaise jusqu'à aujourd'hui. À présent, le tissu souple ne faisait que rendre notre possession d'elle plus totale. Elle était parfaitement coupée et épousait ses formes délicieuses, dévoilait un peu de décolleté et laissait entrevoir une partie de ses jambes douces lorsqu'elle marchait. Elle lui tombait jusqu'aux chevilles. Sa couleur cuivrée montrait que Maxime était son compagnon principal, car cette teinte était celle de la famille Rone. Tous ceux qui la verraient sauraient qu'elle nous appartenait. Son collier avait beau être noir, le signe qu'elle n'avait pas encore été officiellement revendiquée, cette robe la protégerait. Personne n'osait s'approcher d'une femme qui portait les couleurs d'un autre guerrier.

Ou en tout cas, c'était ainsi que les choses se passaient sur Prillon Prime. Ici, avec tant d'hommes non accouplés et si peu de femmes ? Je ne pouvais qu'espérer que l'honneur et la bienséance les pousserait à se contenir jusqu'à ce que le centre leur affecte des partenaires, à eux aussi.

L'espoir d'obtenir une partenaire à eux les pousserait sans doute à se tenir à carreau. Et pourtant, c'était la présence même de Rachel qui leur donnait cet espoir.

« Vous n'arrêtez pas de me reluquer, dit-elle en se regardant. Quelque chose ne va pas ? La robe était un peu compliquée à mettre, mais ce n'est pas comme si elle était coincée dans ma culotte, puisque je n'en porte pas. »

Elle jeta un regard provocateur à Maxime, qui sourit.

« Tu n'as pas besoin d'en porter une. Seuls tes compagnons sauront que tu es nue en dessous.

— Si j'avais une culotte aussi, je serais nue en dessous, » rétorqua-t-elle.

Maxime se rendit jusqu'à elle, passa la main sur la longueur de la robe et commença à la soulever. Je regardai les jambes lisses et pâles de Rachel apparaître.

« Oui, mais dans ce cas, je ne serais pas en mesure de te caresser comme ça, dit Maxime. Et je ne pourrais pas glisser un doigt en toi, comme ça. »

Lorsqu'il se pencha et lui murmura à l'oreille, elle ferma les yeux.

« Quand tu veux, » dit-elle.

Elle gémit lorsqu'il retira ses doigts et laissa la robe retomber par terre. Tout en soutenant son regard, Maxime glissa ses doigts mouillés dans sa bouche et les lécha.

Je dus appuyer sur mon sexe, tant il se contractait à l'idée qu'elle soit toute mouillée pour nous.

« Merde. Il faut qu'on y aille maintenant, sinon on ne partira jamais. »

Maxime tendit une main à Rachel, qui la prit dans la sienne, même si ses joues roses et son regard flou m'indiquaient qu'elle aussi aurait préféré rester dans notre suite.

8

« Merci, Gouverneur Rone, de nous avoir invités à dîner avec vous et votre nouvelle partenaire. Nous sommes honorés d'être ici, » dit le prince Nial pour couvrir le brouhaha de la grande table carrée.

Il y avait quarante invités, dix de chaque côté de la table parfaitement carrée. Même si chaque base de la planète était dirigée par un gouverneur choisi par un combat, une table carrée signifiait que toutes les personnes qui y étaient assises étaient du même rang, comme il se doit sur la Colonie. Tous ceux qui avaient servi et tant sacrifié pour protéger les citoyens des planètes de la Coalition méritaient le même respect.

En tant que dirigeant des Prillons, qu'ils vivent sur Prillon Prime, sur la Colonie ou qu'ils soient stationnés sur l'un des nombreux vaisseaux de guerre, le Prime aurait dû être assis au centre de la table. Mais être placé sur un pied d'égalité avec les autres convives ne semblait pas lui poser problème. Sa partenaire, Jessica, était assise à sa droite, et son second, Ander, à la droite de celle-ci, la protégeant des deux côtés. Comme il se doit.

Jessica, comme Rachel, était une humaine venue de la Terre, mais leurs ressemblances s'arrêtaient là. Rachel était petite et voluptueuse, avec des cheveux bruns et des yeux marron. Sa peau était laiteuse, à peine bronzée.

Jessica, ou la reine Deston, comme j'avais l'honneur de l'appeler, était plus grande que ma partenaire et blonde, comme moi. Ses cheveux étaient d'un or brillant et lui tombaient sur les épaules et ses yeux étaient bleus, comme les glaciers de la Terre, remarquables au-dessus de lèvres pleines et d'une peau si pâle que j'aurais pu parcourir les veines de ses poignets. Elle était très belle, c'était certain, et ses deux partenaires, le Prime Nial et le gigantesque guerrier qu'il s'était choisi, Ander, ne quittaient jamais ses côtés. En fait, ils la quittaient rarement des yeux et je comprenais leur obsession.

Je ne pouvais pas m'empêcher de regarder Rachel, sa peau veloutée, ses courbes et ses yeux expressifs. Les émotions qu'elle me transmettait à travers son collier me firent tourner la tête vers elle, désespéré de voir son visage, d'apprendre la forme qu'avaient ses yeux lorsqu'elle était heureuse, en colère ou excitée.

Cette dernière expression, je la connaissais bien, et j'avais hâte de la lire à nouveau sur son visage.

Alors que mon sexe entrait en érection sous la table, Rachel se tortilla dans sa chaise entre Maxime et moi. Avec un petit rire, elle me donna un coup sur la cuisse.

« Arrête. Il faut que je mange. »

Maxime gloussa, mais ne dit pas le moindre mot. Il n'en avait pas besoin. C'était moi qui avais commencé en pensant à la bouche de Rachel étirée sur mon membre, ce qui l'avait fait mouiller. Je le sentais et la douce odeur de son excitation ne m'aida pas à refréner mes pensées. Apparemment, Maxime était parfaitement conscient de la réaction qu'elle avait eue, car quelques secondes plus tard, son propre désir arriva par vague à travers nos colliers.

« Vous êtes vraiment chiants, tous les deux. Franchement, dit-elle en s'enfonçant dans son siège et en portant un verre de vin d'Atlan à ses lèvres. Ça suffit. Je n'arrive pas à réfléchir. »

Trois autres gouverneurs s'étaient transportés ici pour se joindre à notre repas, ainsi qu'un guerrier terrien qui vivait sur la Base 3, le capitaine Brooks. Je l'avais croisé plusieurs fois depuis son arrivée sur la Colonie. Les guerriers originaires de la Terre avaient rejoint la guerre contre la Ruche récemment et ceux qui avaient le malheur d'être capturés survivaient rarement entre les mains de l'ennemi. Même si la Terre se targuait d'être supérieure à nous, elle n'avait pas accepté d'accueillir ses guerriers contaminés par la Ruche, pas plus que Prillon, Atlan et les autres planètes.

Nous étions tous des âmes perdues ici. Perdues, jusqu'à ce que Jessica, puis Rachel choisissent des compagnons contaminés. Nous acceptent.

Leur présence était un signe d'espoir pour tous les guerriers de la planète.

Rachel avait insisté pour aller voir Brooks immédiatement en arrivant au dîner. Elle semblait soulagée par sa présence et par celle de la reine. Même si j'avais quitté Prillon Prime et n'avais jamais pu y retourner après mon bannissement, j'étais resté entouré de mes frères, d'autres guerriers prillons.

Rachel était la seule partenaire assignée à la Colonie par l'intermédiaire du Programme des Épouses Interstellaires. Quelques femmes guerrières avaient été envoyées sur la Colonie après avoir été capturées par la Ruche, mais elles avaient très vite été revendiquées. Mais Rachel était différente. Elle venait de la Terre, ne connaissait rien à nos coutumes ou à celles des guerriers d'autres planètes qui vivaient sur la Colonie. Elle ne savait pas non plus ce que ça faisait d'être contaminé. Sur la Colonie, c'était la seule à être indemne. Ici, c'était elle, l'alien.

Je tentai d'imaginer le courage qu'il lui avait fallu pour se jeter dans cette nouvelle vie, et je m'émerveillai une fois de plus de notre partenaire. Elle riait, parlait et souriait, faisant fi des difformités causées par la Ruche, des yeux délavés aux membres artificiels en passant par les crânes chauves couverts de circuits neuraux. Elle traitait tout le monde avec générosité et respect.

J'étais fier et surpris d'avoir eu la chance d'être l'un de ses partenaires. Je l'avais réalisé plus tôt dans la soirée, alors que je la regardais toucher le bras métallique d'un homme sans grimacer et en voyant la surprise et l'émerveillement dans les yeux du guerrier atlan, j'avais su qu'elle n'était pas à moi.

C'était moi qui étais à elle.

Trois jours avaient suffi pour qu'elle me possède.

Puis il y avait eu le soldat terrien. J'avais eu envie de lui arracher la tête à cause de l'intérêt que lui portait notre partenaire. Cependant, il ne s'agissait pas de désir, mais de curiosité en voyant un visage si familier, ou en tout cas, avec des traits familiers. Il avait fait apparaître un sourire sur les lèvres pincées de Rachel et lui avait détendu les épaules. Maxime et moi aurions pu la baiser pour l'apaiser, mais son besoin de trouver quelqu'un de similaire, avec les mêmes coutumes et un passé semblable au sien, n'aurait pas disparu. Nous n'étions pas terriens.

Alors, à contrecœur, nous l'avons laissée approcher le capitaine Brooks. Ils parlèrent de choses étranges, tels que les burritos et un objet appelé télé, avec une familiarité que j'enviais.

Le Prime Nial se leva et nous nous tournâmes tous vers lui pour l'écouter alors qu'il levait son verre.

« Nous aimerions en savoir plus sur la nouvelle – et l'unique – partenaire de la Colonie. »

Un frisson parcourut la peau de Rachel alors que sa gêne d'être au centre de toutes les attentions me frappait en pleine poitrine.

Sous la table, je lui posai une main sur la cuisse, pour lui montrer que ses compagnons étaient là pour elle. Elle leva les yeux vers moi, puis vers Maxime, et enfin, vers le Prime Nial. Je l'imitai et me tournai vers le nouveau Prime de notre nouveau monde. Il était de taille moyenne pour un guerrier prillon, mais son œil gauche était complètement argenté, tout comme la majorité de la partie gauche de son visage. Il était clairement contaminé par la technologie de la Ruche et j'avais entendu dire que tout le côté gauche de son corps était également argenté.

Son apparence était effrayante, mais miraculeusement, grâce à l'amour de la femme assise à côté de lui, il était devenu le leader de notre monde et avait changé les choses pour nous tous.

Rachel se lécha les lèvres et je me tournai vers elle pour voir que ses yeux avaient quitté Nial et s'étaient posés sur son second, Ander. Ce dernier n'était pas contaminé. Il n'avait pas d'implants de la Ruche. Mais il était gigantesque, même pour un guerrier prillon. Son visage était couvert de cicatrices et une lame l'avait visiblement défiguré, de l'œil jusqu'à la moitié du front, puis de la joue à la poitrine.

Je me demandais comment il avait fait pour survivre. Et aussi, plus étonnant encore, comment une beauté telle que la reine Deston était tombée amoureuse d'un guerrier contaminé à l'œil d'argent et d'un monstre plein de cicatrices.

Leur présence était comme de la drogue pour tous les guerriers de la Colonie. Le Prime était bien plus contaminé que n'importe qui ici, moi inclus. S'il y avait de l'espoir pour lui, ou pour des hommes défigurés tel qu'Ander, alors il y avait de l'espoir pour tous les autres.

Le Prime Nial pencha la tête vers ma partenaire et haussa

un sourcil pour lui ordonner de répondre. Je pressai de nouveau la cuisse de Rachel et Maxime lui posa une main sur la nuque. Nous l'entourions de notre force et elle prit une grande inspiration pour répondre à la question de son nouveau dirigeant, car désormais, elle était des nôtres. Je ne la laisserais pas partir.

« Je suis... Enfin, j'étais... biochimiste. J'ai obtenu mon doctorat l'année dernière, et j'étais chargée de la recherche et de la création pour une agence de médicaments sur Terre appelée GloboPharma. »

La reine Deston, Jessica, se pencha en avant, l'air satisfait.

« Vous êtes docteur ? C'est super. Sur quoi travailliez-vous ?

— Pas docteur en médecine, mais docteur en sciences, clarifia Rachel. Je travaillais dans un laboratoire de recherche pour mettre au point un traitement contre le cancer. »

Rachel secoua la tête avec un sourire triste, puis poursuivit :

« Mais on a tué plus de gens qu'on en a sauvés. Le PDG a falsifié mes rapports pour que l'agence de santé approuve sa mise sur le marché. Quand le traitement a été distribué, les choses ont mal tourné, des gens sont morts et ils m'ont tout mis sur le dos. Ils s'en sont sortis avec un avertissement et quelques amendes. »

Je ne savais pas ce que signifiaient tous ces termes, mais je savais qu'elle avait été accusée à tort et reconnue coupable.

« C'est terrible, dit la reine Deston en buvant une gorgée de vin violet foncé et en regardant ma partenaire par-dessus le bord de son verre. Mais que faisiez-vous en prison ? On n'enferme pas les gens pour ce genre de choses, si ? Ou vous êtes-vous portée volontaire pour le Programme des Épouses Interstellaires ? »

Rachel baissa les yeux sur son assiette et prit une grande inspiration.

« J'ai été accusée de fraude, de conspiration, de faux et

usage de faux, de parjure et on m'a fait tellement de procès au civil que je ne m'en serais jamais sortie. »

Le Prime Nial haussa ses sourcils bruns.

« Combien d'innocents sont morts ?

— Au moins quatre cents. »

Une honte obscure et abominable se fraya un chemin dans le cœur de Rachel en faisant cette confession et je mourus d'envie de la prendre dans mes bras, presque autant que j'avais envie de frapper le Prime Nial pour le punir de l'avoir bouleversée ainsi.

« Quatre cents morts. En effet, c'est une accusation très sérieuse. »

La reine Deston accourut au secours de Rachel.

« Mais elle est innocente, dit-elle en levant son verre en direction de ma partenaire dans une démonstration de solidarité et de respect. Je vous crois sur parole. »

Les joues de Rachel prirent une drôle de teinte de rose.

« Merci.

— Et ce n'est pas si terrible, reprit la reine. Vous avez atterri ici, à vous faire prendre en sandwich entre deux guerriers prillons. »

Rachel faillit s'étouffer avec son vin. Le capitaine Brooks toussa très fort et je le suspectais de dissimuler un rire lorsque les joues de Rachel passèrent du rose au rouge vif. Je ne savais pas ce qu'était un sandwich, mais visiblement, il s'agissait d'un sous-entendu humain. Le rire de la reine Deston résonna dans la pièce, alors que son second compagnon, son guerrier gigantesque, la regardait en fronçant les sourcils.

« Comporte-toi correctement, partenaire, dit Ander.

Mais la reine Deston se contenta de rire plus fort et porta la main à sa joue, avant de l'embrasser sur la bouche pour le faire taire.

Je compris très bien le regard troublé, mais résigné du pauvre guerrier.

Lorsque Rachel me touchait avec autant de tendresse, je ne pouvais rien lui refuser. Cela ne voulait pas dire que je ne ferais pas tout pour découvrir ce qu'était un sandwich une fois de retour dans notre suite.

Maxime s'éclaircit la gorge et les rires se calmèrent.

« Je me fiche de son passé. C'est ma partenaire. J'ai choisi le Capitaine Ryston Ryall comme second. Et nous sommes ici pour fêter l'arrivée d'une nouvelle ère sur la Colonie. »

Le Prime Nial hocha la tête.

« Combien de vos guerriers se sont soumis au test du Programme des Épouses ?

— Dr Surnen ? » demanda Maxime en se tournant vers le médecin de la Base 3, et l'anxiété que Rachel avait ressentie en étant observée par tant de monde se transforma en colère bouillonnante.

Alors ma partenaire ne nous avait toujours pas pardonné de l'avoir emmenée dans la salle d'examen à son arrivée. Je lui caressai la jambe avec douceur, encore plus déterminé à lui faire oublier sa rage en la baisant ce soir.

Le médecin s'éclaircit la gorge.

« Avant l'arrivée de Dame Rone, moins de dix pour cent des guerriers de la Base 3 s'étaient soumis à un examen. Mais depuis, ce chiffre a triplé. Chaque habitant de la base sera testé durant les six prochaines semaines.

Le Prime Nial hocha la tête et s'adressa au gouverneur Bryck de la Base 2 :

« Et vos guerriers, Bryck ? »

L'homme massif sourit.

« Je l'avoue, je n'ai pas été testé moi-même. Cependant... »

Il marqua une pause et regarda la reine Deston ainsi que Rachel avec un regard presque affamé, avant de poursuivre :

« Je vais corriger mon erreur dès mon retour.

— Excellente nouvelle, le félicita le Prime Nial alors que

des applaudissements retentissaient autour de la table. Les dieux vous ont bénis, Gouverneur Rone, Ryston.

— En effet, ne pus-je m'empêcher de dire en regardant ma sublime partenaire. »

Rachel

Je croisai le regard de Jessica à l'autre bout de la table et faillis éclater de rire.

Prise en sandwich ?

Sérieusement ?

Bien sûr, elle devait savoir de quoi elle parlait. Et ses compagnons étaient encore plus grands que les miens. Le Prime était effrayant, avec son étrange œil argenté. Mais l'autre semblait carrément dangereux. La cicatrice qui lui courait sur le côté du visage me faisait frissonner et je me demandai ce que ça ferait d'être commandée au lit par un type comme lui.

Ce serait sexy. Carrément sexy. Non pas que j'aie à me plaindre. Mes compagnons me suffisaient largement et ils ne m'avaient même pas encore pris tous les deux en même temps. J'avais entendu dire que Jessica avait laissé ses compagnons la revendiquer en direct devant des millions de personnes, dans une espèce d'arène de gladiateurs. Avec des milliers de spectateurs présents pour l'encourager.

Le sexe présenté comme un sport. Cette femme en avait dans le pantalon. Sérieusement.

Oh la vache. Jessica était géniale, je la voyais déjà comme une sœur et c'était la reine d'une planète tout entière. Le capitaine Brooks était un fan des Chicago Cubs, aimait les thrillers et les films de superhéros et jurait qu'il savait faire la meilleure tarte aux pommes de toute la Colonie, grâce à la recette de sa grand-mère.

Et j'étais là, assise entre deux guerriers extraterrestres, à manger à une table pleine d'aliens venus d'au moins cinq planètes différentes et j'avais l'impression d'être chez moi.

Bon sang, c'était bizarre. Et inattendu. Et parfois, carrément génial. Je n'étais là que depuis trois jours et je savais déjà que je ne pourrais pas retourner à mon ancienne vie.

Quelle rebelle ! Du sexe époustouflant, deux amants avec des sexes énormes, quelques orgasmes, et des marques d'affection... Pour la faire courte : j'étais fichue. Soudain, toutes les intrigues politiques de la terre ne me semblaient plus si importantes.

Mais quand même. Des gens étaient *morts*. Et GloboPharma avait couvert ses crimes pour pouvoir recommencer.

Sauf si je les en empêchais. D'une façon ou d'une autre. Depuis l'autre bout de l'univers. Bon d'accord, je savais que je me trouvais sur une autre planète, mais soudain, je réalisai que je n'avais absolument aucune idée d'où je me trouvais précisément, comparé aux endroits que je connaissais. La Terre. Le soleil. Tous les gens que j'avais connus au cours de ma vie.

Tout ce qui m'avait importé ces trois derniers jours, c'était le sexe. Du sexe époustouflant. Être avec Maxime et Ryston était tellement bon, tellement prenant, que je m'étais complètement perdue dans nos ébats, dans leurs émotions et leur domination physique. Dans le plaisir que j'avais éprouvé grâce à eux. Je m'étais toujours enorgueillie d'être une femme indépendante, intelligente et cultivée. Mais ils me donnaient l'impression d'être... plus que ça. Et moins que ça, tout à la fois. Et mon cerveau était en proie à une lutte sans merci avec mon cœur à propos du moins en question.

La culpabilité m'assaillit et je repris une gorgée du vin, qui avait été importé depuis une planète appelée Atlan. Il était très bon, mais pas assez fort pour effacer mon désir de m'assurer que le PDG de GloboPharma ne pourrait plus faire de mal à personne sur Terre.

J'allais devoir trouver un moyen de contacter mon avocat, John et de veiller à ce que des dispositions soient prises. J'étais peut-être sur une autre planète, mais ça ne voulait pas dire que je devais baisser les bras.

Je levai les yeux et vis que le gigantesque compagnon secondaire de Jessica, Ander, me regardait avec attention.

« Comme ma partenaire, vous étiez innocente de vos crimes ? »

J'étais plutôt fière de ne m'être pas ratatinée face à son regard.

« Oui.

— Tout comme notre Jessica était innocente. Il semblerait que le système judiciaire terrien laisse à désirer. »

Jessica se pencha vers lui et posa la tête sur son épaule comme si c'était la chose la plus naturelle du monde. Ander réagit immédiatement à son geste et passa un bras autour d'elle pour lui caresser le dos dans un geste plein de douceur, complètement inattendu de la part de quelqu'un d'aussi grand avec un visage aussi terrifiant.

« Oui, vous avez raison, dis-je. Je suivais la loi à la lettre. Quand j'ai appris la vérité sur leurs crimes, sur tous les morts, je l'ai révélée.

— Les gens ne veulent pas la vérité, Rachel. Nous sommes la vérité, la vérité à propos du nouvel ennemi de la Terre et pourtant ils nous cachent ici, dit le capitaine Brooks avec résignation et amertume. Je ne peux pas rentrer chez moi, pas plus que toi. »

Tous les yeux se tournèrent vers lui.

« Maintenant si, » dit le prince Nial d'une voix forte pour s'assurer que tout le monde l'entende.

Ce n'était pas nécessaire. Les mots du capitaine avaient créé un grand silence alors que tout le monde attendait la réponse du prince. Nial poursuivit :

« Ma partenaire a insisté et a parlé de votre bravoure à tous ceux qui voulaient bien l'entendre, vétérans. Les lois de Prillons ne sont pas celles de la Terre. Vous êtes libres de partir, de regagner vos planètes d'origine, où l'on vous félicitera pour votre service. »

Le capitaine jeta un regard à Jessica, et dit :

« Vous venez de la Terre. Des États-Unis. Vous pensez qu'on me félicitera pour ma bravoure, avec mon apparence ? »

Il se leva de sa chaise et souleva son armure par-dessus sa tête. Personne ne fit un geste pour l'en empêcher et je le regardai, choquée par l'état de son torse nu. La moitié de son tronc était couvert des étranges circuits que Ryston avait sur la tempe. Le bas de son bras gauche était complètement argenté, à tel point que je me demandai comment j'avais fait pour ne pas remarquer qu'il portait un gant noir lorsqu'il m'avait serré la main plus tôt dans la soirée. J'avais été si contente d'avoir quelqu'un de ma planète à qui parler que je n'avais pas fait attention. Son bras droit, du coude jusqu'à la main, ressemblait à une prothèse robotique, sans la moindre peau humaine. De drôles de marques noires, semblables à des veines, partaient du bord des implants pour se mêler à sa chair. On aurait dit un mélange entre l'Inspecteur Gadget et Terminator.

« Il y a pire, dit-il en se penchant, d'abord vers Jessica, puis vers moi. Sur mon dos, le long de ma jambe gauche. Est-ce qu'ils me féliciteront vraiment, Mesdames, ou est-ce qu'ils me craindront ? Je vous remercie pour vos jolis rêves, Prince Nial, mais la Terre n'est pas aussi ouverte d'esprit que vous le croyez. »

Il soutint le regard de Jessica, exigeant une réponse.

« Alors ? C'est notre réalité désormais, Madame. Il nous est impossible de rentrer chez nous. Personne ne le pourra. »

Jessica se leva et tous les regards se tournèrent sur elle.

« Sur Terre, j'étais un soldat. J'ai passé huit ans dans les forces armées, en première ligne. Mon compagnon, le Prime de votre monde, porte les séquelles de son temps avec la Ruche. Je l'aime. L'argent dans son œil, les marques sur sa peau n'ont aucune importance à mes yeux. Il m'appartient. Dame Rone est la première épouse attribuée à la Colonie et, d'après la façon dont elle regarde ses compagnons, je suis persuadée qu'elle ressent la même chose que moi. Ayez un peu la foi. Si vous ne pensez pas pouvoir rentrer chez vous, retrouver une vie normale, alors construisez-vous une vie ici, avec la partenaire qui vous sera attribuée. Une nouvelle normalité. Vivez. Ne laissez pas la peur vous arrêter. Le Programme des Épouses ne vous enverrait pas une femme incapable de vous aimer pour ce que vous êtes. Rachel ? Je me trompe ? »

Le silence s'éternisa, et Jessica se tourna vers moi. Mes deux compagnons me regardèrent avec attention et je savais qu'eux aussi attendaient ma réponse.

9

Ces guerriers de la Colonie souffraient et ils étaient perdus. Lorsque la gardienne Égara avait tenté de m'expliquer à quel point le Programme des épouses Interstellaires était important, je n'avais pas compris. Pas du tout. Mais voir le capitaine Brooks se mettre à nu ainsi sous nos yeux à tous, vulnérable et honteux, me fit l'effet d'un coup de poignard dans le cœur. C'était un humain, un ancien soldat des forces spéciales. Un vrai dur à cuire, réduit à s'humilier en public et à me mettre au défi de le rejeter.

Je me levai lentement et tournai sept fois la langue dans ma bouche avant de parler :

« Rencontrer la personne qui vous a été attribuée pour la première fois est plus intense que tout ce que vous pourriez imaginer. J'ai su dès que je les ai vus. J'ai senti le lien entre nous. Je ne peux pas décrire ce qui m'est arrivé lorsque j'ai aperçu Maxime pour la première fois, lorsque j'ai entendu sa voix, ou la première fois que Ryston m'a embrassée, mais si l'un d'entre eux avait été comme vous, Capitaine Brooks, rien de ce que j'ai vu ne m'aurait empêché de les désirer. »

Maxime me pressa l'arrière de la cuisse et Ryston me prit par la main et entrelaça nos doigts alors que les gens se mettaient à applaudir.

L'espoir était comme une drogue et apparemment, tous les soldats de la pièce en étaient affectés.

Le reste du dîner se déroula comme dans un rêve. Le capitaine Brooks remit sa chemise et nous nous régalâmes d'un festin de fruits frais qui fondaient sur la langue, comme du sorbet à l'orange à moitié fondu avec des myrtilles et des citrons verts. Le plat de résistance servi aux hommes était composé d'une drôle de viande qui faisait près de cinq centimètres d'épaisseur. Prête à protester, je fus ravie de voir que l'on m'apportait une assiette de lasagnes aux fruits de mer et de fromage.

Contente, je regardai Jessica, qui m'adressa un sourire complice. Je remarquai que le capitaine Brooks aussi avait reçu le plat terrien. Visiblement, pour se conformer à la Colonie, il fallait justement être anticonformiste. Personne n'avait les mêmes prothèses cyborg. Tout le monde était différent. Les planètes d'origines étaient différentes, les expériences étaient différentes et même les goûts en matière d'aliments.

Alors que le repas progressait, la main de Maxime aussi, passant de mon épaule à mon dos, puis à ma cuisse. Il lui fallut plusieurs minutes pour atteindre mon genou droit, la main de Ryston sur le gauche, pour m'écarter les jambes sous la nappe.

J'aurais vraiment dû protester, mais l'excitation et la fierté, le désir pur et la tendresse dont mes compagnons m'abreuvaient me rendaient incapable de résister à leurs provocations, leurs doigts tout près de mon intimité, sans jamais vraiment la toucher.

Je n'étais pas une adolescente en chaleur et je savais que ce n'était ni le lieu ni le moment, mais avoir leurs mains chaudes et lourdes si près de mon sexe me mettait dans tous mes états, un rappel constant qu'ils m'appartenaient.

À plusieurs reprises, je jetai des regards au capitaine Brooks, qui m'observait d'un drôle d'œil.

Lorsque le repas prit fin, je chassai les mains de mes compagnons et me levai.

« Je veux aller parler au capitaine Brooks.

— Je viens avec toi, » me proposa Ryston, et je fus ravie d'avoir de la compagnie.

J'aimais bien le capitaine, mais me retrouver dans une pièce pleine d'hommes que je ne connaissais pas, tous capables de me déchiqueter grâce à leur force cyborg, me rendait un petit peu nerveuse.

Maxime nous adressa un signe de tête au passage. Le gouverneur Bryck, qui était assis à sa droite, avait engagé la conversation avec lui. Il s'agissait d'une grande brute, une Bête d'Atlan, m'avait dit Ryston, qui dirigeait la Base 2. Je croyais que les Prillons étaient grands, mais alors les Atlans...

Je m'approchai lentement du capitaine. Il avait à peine touché à son assiette. Il semblait un peu mal en point, comme s'il était malade.

Je posai la main sur son épaule avant que Ryston ne puisse m'en empêcher.

« Est-ce que ça va, Capitaine ? Vous êtes un peu vert. Et pas parce que vous êtes un homme-grenouille. »

Plus tôt, il m'avait dit qu'il était plongeur pour la Marine et qu'il s'était porté volontaire pour la Flotte de la Coalition avec son frère aîné deux jours après que les premiers vaisseaux prillons entrent en contact avec la Terre.

Il leva la tête pour me regarder et je poussai une exclamation. Les traînées noires que j'avais remarquées plus tôt sur son torse et ses épaules s'étaient propagées jusqu'à son cou et ses joues, comme une infection.

« Non. Quelque chose ne va pas, dit-il. Je ne peux pas... Ma tête... J'ai mal. »

Merde. Merde. Merde. Il s'écroula et je tentai de le soutenir, mais il était beaucoup plus grand que moi, un poids mort.

Ryston l'attrapa par-derrière et l'empêcha de me faire tomber avec lui. Mon compagnon cria par-dessus son épaule :

« Allez chercher le médecin. Vite »

Tout le monde s'agita et le médecin, le connard à qui je n'avais toujours pas pardonné « l'examen » qu'il avait voulu me faire passer, se précipita avec sa petite baguette alors que Ryston allongeait le capitaine Brooks sur le sol.

« C'est quoi, ces traînées noires ? » demanda Nial, fendant le silence de la pièce.

Le médecin répondit sans lâcher son patient des yeux :

« On ne sait pas. Elles ont commencé à apparaître il y a quelques semaines. Les scanners ne montrent rien. Au bout de quelques jours, elles s'estompent. Je pensais qu'il s'agissait d'un nouveau virus ou d'un autre antigène natif de la Colonie. Nous continuons de découvrir des choses sur la Colonie tous les jours.

— Ces traînées ne semblent pas s'être estompées, Docteur, intervint Ryston.

— C'est le premier humain à être infecté. Leur système immunitaire et leur physiologie sont différents. »

Le médecin regarda le capitaine dans les yeux, prit son pouls et regarda de nouveau son espèce de petite baguette alors que je posais la tête du capitaine sur mes genoux. Brooks respirait toujours, mais à peine et je ne voulais pas qu'il ait l'impression d'être seul, juste au cas où. Je lui passai une main dans les cheveux, encore et encore, pour l'apaiser autant que possible.

« Il a des particules de Quell dans l'organisme. »

En entendant les mots du médecin, Ryston se crispa à côté de moi alors que je passais la main sur le front du capitaine

Brooks en espérant qu'il sentait mon contact alors qu'il s'interrogeait sur ce qui lui arrivait. Une infection quelconque était-elle en train de se répandre dans son corps ?

« De Quell ? demanda Maxime. Vous en êtes certain ?

— Oui, » répondit le médecin sans lever les yeux.

Qu'est-ce que c'était, ce Quell ? Pourquoi la rage de Maxime était-elle si forte que ma gorge se serra et que je dus lutter pour ne pas vomir mes lasagnes ? Et si c'était vrai, que le capitaine Brooks était le premier humain à être infecté ? N'avaient-ils aucune connaissance en physiologie humaine ? La Terre n'avait-elle pas donné des données sur les humains à la Coalition avant d'envoyer nos soldats et nos femmes dans l'espace ?

Trois respirations saccadées et le capitaine fut pris de convulsions.

Ryston me tira en arrière, à l'écart de la scène, pendant que quatre guerriers venaient maintenir Brooks. Cela sembla durer une éternité alors que je m'accrochais de toutes les forces à Ryston. Maxime se joignit à nous, plaçant son corps entre moi et le capitaine qui tremblait par terre.

Enfin, le médecin secoua la tête.

« Il est mort. »

10

Maxime

Un guerrier venait de mourir sous nos yeux à tous. Durant un repas de fête, en présence du Prime. Cela n'augurait rien de bon pour la Colonie et encore moins pour la Base 3. Mais pour ma partenaire, tout cela était secondaire. C'était surtout pour elle que je m'inquiétais. Avait-elle déjà vu quelqu'un mourir ? Tout le monde dans la pièce, à part Dame Jessica, avait combattu la Ruche, avait été capturé et torturé. Ils savaient ce que souffrir voulait dire, faire face à la mort et choisir. De s'accrocher à la vie, de se battre bec et ongles, ou de prendre une autre direction et de laisser la mort vous emporter. Dans mon enfer personnel aux mains de la Ruche, je m'étais souvent demandé si j'avais fait le bon choix. Avant Rachel, je m'imaginais parfois que la mort devait être une meilleure option que la survie.

Car avant mon accouplement avec Rachel quelques jours plus tôt, c'était tout ce que j'avais fait. Survivre.

Comme le Prime Nial l'avait dit juste avant que la soirée ne tourne mal, il était temps de vivre.

Mais là, bon sang... Là, notre partenaire venait d'être témoin de la mort cruelle de l'un des siens. Elle était dans mes bras, crispée et toute raide. Elle ne se laissait pas aller à m'étreindre, à s'en remettre au bouclier protecteur de mes bras. Mon corps n'était pas capable de la protéger ou de la consoler. Elle ne me laissait pas la préserver de ce qui venait de se passer. Non, elle se débattait pour se libérer, pour retourner aux côtés du capitaine Brooks.

Ma partenaire était une guerrière à sa manière. Elle ne portait peut-être pas d'armes, mais son esprit était aussi affûté qu'une épée et j'arrivais à sentir ses émotions très clairement à travers le collier. Elle n'avait pas peur. Elle était en colère. Déterminée. Obstinée. Et tellement belle. Et sa résolution féroce ne la rendait que plus désirable à mes yeux.

« C'était Quell. Sans aucun doute. Visiblement, il était faible. »

La voix du Dr Surnen était pleine de dégoût et Rachel se raidit. Son mépris pour le médecin m'atteignit violemment par mon collier, comme du poison dans mon esprit. Il était évident que le médecin n'avait pas fait bonne impression à Rachel. Et ma partenaire ne lui avait pas pardonné leur première rencontre.

Elle se dégagea de mon étreinte et pivota sur ses talons, sa robe tourbillonnant autour d'elle.

« J'ignore complètement ce qu'est Quell, mais il n'était pas *faible*. Il était dans la Marine, Docteur. Un peu de respect. »

Ses mots étaient cassants et pleins de dédain.

Je n'aimais pas le Dr Surnen, je ne l'avais jamais aimé, mais il savait ce qu'il faisait. Il était brillant et avait sauvé la vie de nombreux guerriers depuis que je le connaissais. Beaucoup de citoyens de la Colonie arrivaient immédiatement après avoir été sauvés de la Ruche, déprimés et complètement changés. Le médecin arrivait toujours à les ramener. Toujours. Il sauvait des gens que l'on croyait condamnés. Pour ça, il méritait mon respect.

« Madame, dit le médecin en levant la tête vers ma partenaire. Je ne voulais pas vous offenser. Le Quell est une substance chimique bien connue sur la Colonie. Elle altère la chimie du cerveau pour rendre son utilisateur heureux, pour adoucir les peines de sa nouvelle vie. Les Unités d'Intégration de la Ruche adaptent les biosynthétiques de nos organismes pour en libérer de très légères quantités. Lorsque nous sommes éloignés des fréquences de la Ruche, ces fonctions sont perdues et les cellules cyborgs arrêtent de fabriquer la drogue. Beaucoup de gens n'arrivent pas à s'y faire. Ils deviennent dépendants.

— Alors c'est une drogue ? C'est légal ici ?

— Non, répondis-je avant que le médecin puisse la perturber davantage. La Ruche s'en sert pour rendre le métabolisme plus performant et affaiblir la volonté de ses captifs pendant le processus d'intégration. Ensuite, la drogue est maintenue à des niveaux constants dans notre sang pour nous rendre plus dociles et... obéissants. »

Rachel regarda le capitaine, les yeux plissés, en pleine réflexion.

« Alors, c'est un psychotrope, comme l'ecstasy sur Terre. Ça rend heureux ? Satisfait ? »

Le médecin haussa un sourcil.

« Je connais l'extase, pas l'ecstasy. Mais le Quell est souvent utilisé à tort par nos guerriers lorsqu'ils tentent de se faire aux difficultés de leur nouveau statut.

— Statut ? demanda Rachel en s'approchant sur médecin, planant devant lui comme une ombre.

— D'êtres inférieurs. De contaminés. De parias. »

Le Dr Surnen ignora ma partenaire et agita sa baguette au-dessus du cadavre du capitaine Brooks, des pieds à la tête. Je n'aimais pas la façon dont il avait formulé sa réponse. Les guerriers présents n'avaient pas besoin d'entendre des termes si négatifs de la part de notre guérisseur. Nos implants cyborgs étaient un cruel rappel du fait que nous nous étions battus et avions survécu.

« Vous êtes un enfoiré, » dit la reine Deston en venant se placer à côté de ma partenaire.

Les deux femmes échangèrent un regard que je n'aurais jamais réussi à déchiffrer sans le lien que je partageais avec Rachel. De la compréhension. De l'amitié.

« Et Rachel a raison, reprit la reine. S'il était dans la Marine, il était fort. Je ne pense pas qu'il aurait arraché sa chemise, qu'il nous aurait provoquées ainsi et qu'il serait tombé raide mort d'une overdose. Impossible. »

Rachel hocha la tête et intervint :

« Je veux faire des vérifications. »

Les femmes terriennes n'étaient pas contentes du tout de ce qui était arrivé à leur compatriote.

La reine Deston inclina la tête alors qu'Ander et le Prime Nial venaient se placer de chaque côté d'elle, deux des hommes les plus effrayants que j'avais eu le plaisir de rencontrer. La reine posa une main sur l'épaule de Rachel.

« D'accord, Mademoiselle docteure en biochimie. Découvrez ce qui s'est vraiment passé. C'est un vétéran. Il est des nôtres. Je veux des réponses, parce que tout ça, c'est des conneries. »

C'est un vétéran. Il est des nôtres.

Ces mots firent taire toute la pièce alors que chaque guerrier présent digérait la réaction des deux femmes. Nous avions tous été traités de parias. De rebuts de la société. Mais vétéran était un terme respectueux que nous offrait notre reine. Nous avions protégé notre peuple et avions survécu au pire enfer imaginable. Son acceptation et son soutien étaient comme un baume apaisant, mais c'était également douloureux, comme rouvrir une cicatrice guérie depuis peu. Mais c'était une douleur qui était bienvenue.

« Il ne fait aucun doute que certains membres de la Colonie abusent du Quell, mais pas tout le monde, » intervins-je.

Le Dr Surnen se leva et acquiesça.

« Je ne veux pas vous offenser, Dame Rone, mais au vu des résultats des examens, le capitaine Brooks était l'un d'entre eux. »

Rachel baissa les yeux sur le capitaine, toujours sur le sol.

« Je venais de lui parler. Il s'est soumis au test du Programme des Épouses hier et il semblait avoir hâte qu'on lui trouve une partenaire. Un guerrier qui se noierait dans les drogues pour oublier ses souffrances n'aurait pas passé ce test, » rétorqua-t-elle.

Oui, elle avait remarqué le terme maladroit du médecin.

« Vous êtes nouvelle sur la Colonie et vous ne connaissez rien des souffrances psychologiques auxquelles nous faisons face, dit le médecin. Vous avez vu combien les intégrations de la Ruche le rendaient malheureux.

— C'est vrai, » dit Rachel.

Elle repensait visiblement au moment où l'homme avait enlevé sa chemise devant le Prime. Aurait-ce été un comportement acceptable lors de ce genre de dîners sur Terre ?

« Mais je connais les hommes terriens, reprit-elle. Et je connais la physiologie humaine, ainsi que la façon dont nos corps répondent à la drogue. C'était mon travail.

— Oui, et vous avez empoisonné et tué des centaines de personnes. »

Je grognai et fis un pas vers le médecin, Ryston à ma suite.

« Attention, » grondai-je en serrant les poings.

Le Prime Nial s'interposa.

« Excusez-vous auprès de Dame Rone, ordonna-t-il au médecin. Vous ne savez rien du temps qu'elle a passé sur Terre ni de son passé. Je crois en son innocence, tout comme ses compagnons. En disant le contraire, vous manquez de respect au gouverneur de votre base, et à moi, le dirigeant de tout le peuple prillon. »

Le médecin semblait penaud, mais seulement parce qu'il s'était fait reprendre par le Prime, pas parce qu'il regrettait ses paroles.

Il pinça les lèvres et pencha la tête.

« Je m'excuse, Prime Nial. Gouverneur.

— Ça suffit les conneries. Ne vous excusez pas auprès de nous, mais auprès de Dame Rone, dis-je en serrant les dents.

— Mes plus plates excuses, Dame Rone. »

Rachel agita la main en l'air comme si aucun des hommes de la pièce n'avait la moindre importance et elle se tourna vers la reine.

« Le fait que le capitaine ait du Quell dans l'organisme ne veut rien dire. Ça ne nous dit pas *comment* il s'est retrouvé là. Il a peut-être pris la drogue lui-même. Peut-être pas. Il a peut-être été empoisonné. Cette drogue a-t-elle déjà eu ce genre d'effets auparavant ? Les traînées noires sur sa peau ?

— Non. »

Elle avait raison. Je n'avais encore jamais rien vu de tel. Même si je percevais la colère et la frustration de ma partenaire envers le médecin, j'étais également fier d'elle et impressionné de voir son cerveau de scientifique en action. Il n'y avait pas de temps à perdre. Il fallait que nous découvrions la vérité au sujet de la mort du capitaine. Si la cause était criminelle, alors nous devions trouver des preuves dès à présent. Les suppositions du médecin ou de qui que soit d'autre ne feraient que ralentir l'enquête. Et condamneraient d'autres guerriers à subir le même sort.

Et si j'étais en danger, si mon peuple était en danger, j'avais besoin de le savoir. Tout de suite. Je ne pouvais plus me permettre de patienter. Je tournai de nouveau mon attention sur le médecin.

« Toutes les morts sur la Colonie devront faire l'objet d'une enquête. Un passage rapide de baguette n'est pas suffisant, Docteur. Emmenez-le à l'infirmerie pour des examens. La vérité doit être découverte. »

Je me tournai vers Rachel et lui posai une main sur la joue.

« Quelle qu'elle soit, » conclus-je.

Elle cligna des yeux. Nous savions tous les deux que parfois, la vérité n'était pas agréable à entendre. Et quelle que soit cette vérité, j'étais persuadé qu'elle saurait rester objective. Mais les autres, y compris le médecin, n'avaient pas ma confiance. Il y avait trop de préjugés, trop de choses en jeu. Nous avions tous accepté la réponse facile, la réponse à laquelle nous nous attendions, sans la remettre en question. Le Quell. Cette drogue faisait des ravages depuis des années et à peine avions-nous chassé un fournisseur de la planète, qu'un autre semblait prendre sa place.

Je jetai un regard rapide à Rachel, puis tournai les yeux vers le prince Nial. Je voyais les rouages de son cerveau tourner alors qu'il digérait les paroles de ma partenaire. Il ne semblait pas douter de ce qu'elle avait dit, elle paraissait objective. Je regardai Ryston et perçus le moment où il comprit ce que les paroles de Rachel sous-entendaient.

Le Prime n'était pas du genre à mâcher ses mots.

« Vous insinuez que ça pourrait être quelque chose de plus sérieux ? Que c'était un meurtre ? »

Rachel haussa les épaules, mais regarda notre dirigeant droit dans les yeux.

« Je ne sais pas. L'examen initial du médecin pourrait être correct. Le capitaine Brooks pourrait simplement avoir fait une overdose de Quell. Ce qu'indique votre... baguette est sans doute exact jusqu'à un certain point. Mais cela ne nous donne pas tous les détails. Je ne l'ai connu qu'un court moment, mais il ne me semblait pas être du genre à se droguer. Il était intelligent et avait un grand sens de l'humour.

Nous devrions resserrer nos recherches. S'il s'est vraiment passé quelque chose de criminel, alors c'est précisément le genre de soupçons que vos ennemis voudraient que vous ayez.

— Quels ennemis ? » demanda le Prime.

Rachel haussa les épaules.

« Je suis nouvelle ici, et je ne sais pas ce qui se passe au niveau politique. »

Elle me lança un regard. Moi, je m'y connaissais et si Rachel suspectait un meurtre, alors nous étions fichus.

Une équipe médicale entra dans la pièce avec un brancard. Ils ramassèrent rapidement le corps du capitaine et le couvrirent d'un drap.

« Conduisez-le à la morgue, mais je veux que quelqu'un le surveille jusqu'à notre arrivée. Faites tous les prélèvements nécessaires pour les examens, mais je veux que le corps reste là-bas jusqu'à ce que Rachel ait terminé ses tests. »

Les guerriers qui portaient le capitaine hochèrent la tête et quittèrent la pièce alors que le visage du médecin prenait une teinte orange foncé.

« Moi ? demanda Rachel.

— Oui, toi. Tes compétences seront nécessaires. »

Le regard qu'elle me lança alors était... Eh bien, il n'y avait pas de mots pour le décrire. Ce n'était pas de l'amour. Ce n'était pas de l'espoir. Ce n'était pas de la surprise. Ça me blessait un peu, qu'elle soit étonnée que je l'inclue, qu'elle n'ait pas pensé que je la trouvais assez intelligente pour ça, ou que son éducation ne justifiait pas qu'elle participe parce qu'elle était... quoi ? Une femme ? Une terrienne ? Une simple partenaire ?

Bon sang, la Colonie était un endroit où tout le monde se sentait rejeté, inutile, en trop. Défectueux, rien qu'en raison d'un implant dans l'œil, ou parce que les muscles d'un bras avaient été contaminés avec la technologie biosynthétique de la Ruche. Comme tous les guerriers de la Colonie, je savais parfaitement ce que ça faisait d'être mis au rebut. De se sentir inutile. Faible.

Je n'aurais jamais fait ça à Rachel. Pas seulement parce qu'elle était ma partenaire, mais parce qu'elle était *elle*. Aucun membre de la Colonie ne voudrait qu'elle se sente inepte ou incompétente. Ma partenaire était beaucoup plus qu'une partenaire sexuelle. Son esprit était comme un ordinateur, toujours en train d'élaborer des hypothèses. De réfléchir. De poser les questions auxquelles nous n'avions pas pensé. C'était une étrangère et une scientifique qui avait peut-être découvert un problème sur notre planète. Elle était parfaite. Forte. Et tellement belle que mon cœur souffrait rien qu'en la regardant.

« Je suis parfaitement capable de pratiquer une autopsie, » Gouverneur, dit le Dr Surnen en croisant les bras sur sa poitrine, le visage renfrogné.

En parlant de politique...

« Je sais, Docteur. Je ne remets pas vos compétences en doute. Mais Rachel n'est pas d'ici et dans son monde, elle a un doctorat. Elle a étudié le corps humain, et elle sait comment ils fonctionnent. Je vous demande de la laisser nous aider, de chercher quelque chose que nous, les Prillons, risquerions de rater.

— Excellente idée, dit Dame Deston. Ne sous-estimez jamais une femme, Docteur. Elle est humaine. Laissez-la honorer son ami. »

Le médecin jeta des coups d'œil de moi à ma partenaire et ses épaules s'affaissèrent.

« Bien sûr. Dame Rone, vous êtes la bienvenue dans mon laboratoire.

— Merci. »

La voix douce de Rachel traversa la pièce et l'on aurait dit qu'un charme avait été rompu. Tous ceux qui étaient restés figés, sous le choc, se remirent soudain en mouvement. Les assiettes teintèrent et la table fut débarrassée. Les voix devinrent plus fortes alors que tout le monde faisait des hypothèses et que ceux qui avaient assisté à la mort du capitaine faisaient passer le mot. Bientôt, toute la planète saurait ce qui s'était passé ici. Et il fallait que nous soyons en mesure de leur donner des réponses.

« Docteur, réunissez votre équipe et déterminez la cause exacte de sa mort. Si le capitaine Brooks a ne serait-ce qu'un cheveu de travers, quoi que ce soit de suspect ou d'inhabituel, je veux le savoir.

Le médecin leva le menton, tourna les talons et sortit de la pièce. Lorsqu'il ne resta plus que moi, avec Rachel à mes côtés, Ryston derrière elle et Nial, ainsi qu'Ander et la reine dans un petit cercle, le froncement de sourcils du Prime me donna des frissons.

« Vous savez ce que ça signifie, Gouverneur. Je suis désolé. »

Eh merde. C'était ce que je craignais.

« Ne l'annonçons pas tout de suite. Je ne veux pas que les hommes perdent espoir, pas quand ils viennent de le retrouver. »

Rachel fit glisser sa main le long de mon bras et ses petits doigts s'enroulèrent autour de mon poignet.

« Qu'est-ce qu'il veut dire par là ? Leur annoncer quoi ? »

Le Prime Deston regarda ma partenaire en fermant les yeux avec regret.

« Plus d'épouses.

— Quoi ? Pourquoi ? demanda Rachel en me serrant le poignet comme un étau.

— C'est trop dangereux, répondis-je. »

Elle secoua la tête alors que je poursuivais :

« On ne peut pas faire venir des partenaires ici, Rachel. Pas avant de découvrir ce qui nous arrive.

— Ce n'est qu'un homme. Un seul.

— Non, mon amour. Je crains que non. »

Je regardai Ryston, qui hocha la tête et je libérai mon bras de l'étreinte de Rachel pour retrousser la manche de ma tunique et lui montrer les implants de la Ruche.

Le petit cri de la reine m'assura que j'avais fait passer le message avant même que les doigts de Rachel en parcourent les lignes argentées. Un labyrinthe noir s'étendait comme une toile d'araignée de mon épaule à mon poignet, juste sous la surface de ma peau.

« Quoi ? Quand est-ce qu'elles sont apparues ? demanda Rachel en me regardant, ses yeux brillants de larmes contenues. Hier soir, tu ne les avais pas quand tu étais... »

Nu et profondément enfoncé en elle ? En train de la faire gémir, frissonner et m'implorer de lui donner un orgasme ? Non. Quelques heures plus tôt seulement, je n'avais rien d'inquiétant. Et à présent, les prémisses de la mort gagnaient du terrain dans ma chair.

Rachel

Mes compagnons m'escortèrent le long des couloirs à codes couleur jusqu'à notre suite. Ils gardèrent le silence. J'arrivais à sentir leur colère et leur hostilité, mais j'étais plongée dans mes pensées. J'étais triste. Le capitaine Brooks n'était pas mort d'une overdose. Même s'il était en colère à cause de ce que la Ruche avait fait à son corps, c'était un battant. Je refusais de croire qu'il se soumettrait au test du programme des épouses, avant de se plonger dans la drogue. Et juste avant un dîner officiel ?

Impossible. Je savais ce que c'était de souffrir. J'avais vu un nombre incalculable de personnes se battre alors que le cancer les bouffait de l'intérieur. Je savais à quoi la défaite ressemblait.

Mais le capitaine n'avait pas semblé vaincu. Il avait eu l'air fâché, amer, mais fier, prêt à donner une chance à cette vie.

Se soumettre au test du programme des épouses était le premier pas, et il l'avait fait. Tous les guerriers de la Colonie avaient la même peur d'être changés par l'ennemi, mais ils n'étaient pas tout seuls. Tous les habitants de la planète avaient vécu les mêmes horreurs. Mais ils avaient survécu et s'étaient construit de nouvelles vies ici, sur cette nouvelle planète.

Le capitaine avait peut-être pris du Quell. Il s'en servait peut-être pour s'apaiser l'esprit. En plus du reste, il souffrait probablement du syndrome de stress post-traumatique. Ça ne voulait pas dire qu'il était mort à cause de ça. Les traînées noires, leur progression fulgurante, rien de tout ça ne me faisait penser à une overdose. Il y avait autre chose. Je n'étais plus une scientifique naïve.

J'étais déjà passée par là. L'imbécile trop crédule qui avait fait confiance au PDG de son entreprise et avait cru qu'il ferait ce qui était honorable au lieu de privilégier l'argent n'existait plus depuis longtemps. J'avais passé des heures dans ma cellule de prison à comprendre comment les méchants fonctionnaient, comment ils manipulaient les gens.

La porte glissa en silence derrière nous. Ryston avait un drôle de truc noir dans les mains, quelque chose qui ressemblait à une télécommande et le jeta à travers la pièce.

Je sursautai lorsque l'objet éclata en morceaux, tombant sur le sol dans une pluie de bouts de plastique. Sa rage n'était ni calme ni maîtrisée. Elle l'écrasait. Sa peur et sa colère s'écoulaient de lui comme s'il avait été déchiré en deux.

L'image du bras de Maxime me hantait alors que je me dirigeais vers l'unité GMS et que je me plaçais sur la grille.

« Uniforme médical, » ordonnai-je à la machine en restant immobile tandis qu'elle faisait son travail.

Elle remplaça ma robe par une tenue bien plus confortable. Le vêtement vert foncé était épais et chaud, confortable et souple, comme les blouses d'hôpital sur Terre. Des bottes douces et chaudes me couvraient les pieds, comme du daim vert forêt avec une doublure en coton. Confortables ? Je pourrais travailler des heures avec. Des heures. Des jours. Tout le temps qu'il faudrait pour trouver des réponses.

Je lissai le tissu avec ma main et pris une grande inspiration. *Ça*, c'était mon armure. *Ça*, c'était une bataille que je connaissais bien et j'allais la gagner. Le capitaine Brooks méritait que justice soit faite, mais ce n'était pas ce qui me motivait à présent. J'allais me rendre à l'infirmerie et je découvrirais ce qui se passait. Je *refusais* de perdre mon compagnon. C'était inenvisageable.

« Maxime. »

Son nom était à peine plus qu'un murmure, mais il m'entendit. Il parcourut la distance qui nous séparait et me prit dans ses bras alors que derrière moi, Ryston faisait les cent pas d'un air enragé.

Maxime était tout aussi bouleversé que son second, mais il gardait ses émotions sous cloche. Si je ne le connaissais pas aussi bien, j'aurais pu croire que c'était parce qu'il était gouverneur et que ce problème nécessitait de la... diplomatie. Mais après avoir passé trois jours avec lui, je savais que c'était dans sa nature d'être calme et réfléchi. Mais ça ne signifiait pas qu'il était moins touché. La colère de Ryston était explosive, destructive. Celle de Maxime était maîtrisée, contenue, comme un abysse de fureur glaciale qui le bouffait de l'intérieur. Mais sa respiration et son pouls étaient réguliers. Ses mains ne tremblaient pas. Sans le collier, je n'aurais même pas su qu'il était contrarié.

« Ce médecin est un connard, » cracha Ryston.

Il fit demi-tour et vint vers moi, ses émotions me frappant de plein fouet comme des vagues sur la plage. J'avais envie de reculer, mais je n'en fis rien. L'agressivité que je ressentais à travers nos colliers ne me visait pas, mais il recherchait une chose que j'étais la seule à pouvoir lui apporter.

Étonnamment, cette chose, c'était un câlin. Ses bras m'enlacèrent. Mes pieds se reposèrent sur le sol alors qu'il se baissait pour blottir son visage dans le creux de mon cou.

La joue posée sur sa poitrine, je pouvais entendre le battement régulier de son cœur, sentir sa chaleur me gagner.

« Je suis désolé, partenaire. Je n'aurais pas dû perdre mon calme. »

Je secouai la tête autant que je le pouvais, vu notre position, en entendant son ton plein de dureté.

« Mais non. Moi aussi, j'ai envie de balancer des choses. »

Les mots pleins de douceur de Maxime me donnèrent des frissons.

—« Tu penses qu'il se passe quelque chose de grave. Que quelqu'un nous empoisonne ? Qu'on est chassés comme des proies ? »

En entendant ce que disait Maxime, Ryston me lâcha. Il me fit tourner pour que mon dos soit pressé contre lui, l'une de ses grandes mains sur mon épaule.

« Je ne sais pas, dis-je franchement. En tant que scientifique, je n'ai aucune preuve pour étayer cette théorie, en tout cas pas pour l'instant. Si le médecin a raison, alors le Quell est la cause de la mort du capitaine. »

Je me dirigeai vers Maxime et lui retroussai la manche. Il fallait que je revoie son bras, que je regarde la toile d'araignée qui se propageait sur sa peau.

« Mais, tu as déjà pris du Quell ? demandai-je.

— Non. Jamais.

— Fais-moi voir. »

Maxime obéit et retira complètement sa tunique. Malgré mon inquiétude, je ne restais pas insensible à la beauté de son torse et de ses épaules musclés, ou à sa peau veloutée. Je levai l'index et passai le doigt sur la marque noire qui allait de son biceps à son épaule. En quelques minutes, la traînée avait gagné du terrain et était montée d'au moins cinq centimètres sur son épaule.

« Eh merde. »

Je le poussai et il se laissa faire, se tournant pour me laisser inspecter les marques qui lui atteignaient désormais le dos.

« Ça progresse rapidement, dis-je. On manque de temps. »

Maxime se retourna et me prit les mains. Je levai les yeux vers lui et trouvai l'univers tout entier dans son regard. Il avait foi en moi. Il mettait littéralement sa vie entre mes mains.

« Rachel, sur Terre, tu étais une scientifique respectée. Il faut que tu trouves les réponses qu'il nous faut.

— Je ne sais pas si le Dr Surnen va se monter coopératif. »

Une vague de rage émana de Ryston.

« On l'emmerde. »

Je me tournai vers lui.

« Et toi ? Tu as ces traînées noires effrayantes sur la peau ? Je ne veux plus avoir de surprises. Ou de secrets, » dis-je en regardant Maxime d'un air courroucé.

Ryston se tourna vers moi, sa tempe droite bien en vue.

« Je ne sais pas, partenaire. À toi de me le dire. »

Je me penchai impatiemment en avant et le plaçai sous la lumière. Avec un soupir de soulagement, je lui tournai le visage et l'attirai vers moi pour un baiser rapide.

« Non. Dieu merci. »

Savoir que Maxime était en danger était terrifiant. Mais s'ils avaient tous les deux étaient en péril, je ne sais pas si j'aurais pu le supporter.

Je levai la main pour ébouriffer les beaux cheveux dorés de Ryston et je le repoussai pour me tourner vers Maxime.

« Je vais arranger ça, dis-je.

— J'en suis sûr.

— Tu pourrais mourir. »

Mes mots n'étaient qu'un murmure étouffé.

« Si je meurs, il faut que tu jures de poursuivre tes recherches, partenaire. D'autres personnes auront besoin de ton aide. »

Je secouai la tête, mais il prit mes joues dans ses grandes mains et me souleva le visage.

« Promets-le-moi. Quoi qu'il m'arrive, n'abandonne pas. Tu dois continuer à te battre, pour Ryston, et pour les autres. »

Je ne pouvais rien lui refuser.

« Je te le promets. »

Il m'embrassa avec force, beaucoup trop rapidement.

« On n'a pas beaucoup de temps, dit-il. On a besoin de réponses. Le capitaine Brooks était un homme bien. Un humain. Tu en sais plus sur ton espèce que le Dr Surnen. Je veux que tu découvres ce qui est en train d'arriver à mes guerriers, dit Maxime en regardant son bras. Et à moi. »

11

En pleine travail à l'infirmerie, j'avais l'impression d'être une championne de ski nautique à qui on aurait tendu un snowboard avant de la pousser sur une piste enneigée. D'accord, en théorie, c'était le même principe. Il fallait de l'équilibre. Savoir bien répartir son poids. Défier la gravité. Mais ce laboratoire n'avait rien à voir avec ceux que j'avais déjà visités.

Un officier médecin se dépêcha de venir m'aider à l'instant où je pénétrai dans la pièce. Le Dr Surnen m'ignora, mais ça ne me dérangeait pas. Mais leurs instruments ne me plaisaient pas. Je n'avais pas confiance en ce que je ne pouvais pas mesurer moi-même. Il y avait trop de place pour l'erreur avec leurs petits gadgets. Qui effectuait leur programmation ? Comment savoir si la personne qui les avait calibrés savait ce qu'elle faisait ? Et étaient-ils conçus pour être utilisés sur un être humain ? Ou étaient-ils seulement adaptés à la physiologie des extraterrestres ?

Je fronçai les sourcils en regardant l'écran qui se trouvait sous mes yeux, dans la pièce peuplée de tubes à essai et d'échantillons de sang analysés par la petite baguette du médecin.

« Ça n'a aucun sens. J'ai besoin d'une analyse biochimique de ses tissus infectés, c'est tout. Pas de tout ça, dis-je en agitant les mains en l'air. Ça ne marchera pas. »

Krael se pencha sur mon épaule.

« C'est l'analyse chimique complète, Dame Rone. Je ne comprends pas.

— Je ne veux pas savoir ce qui se trouvait dans son corps tout entier, seulement ce qu'il y avait dans les tissus autour de ses implants. Dans les tissus noircis, plus précisément. Et dans les implants eux-mêmes. »

Il secoua la tête.

« Pourquoi ? Le Quell affecte l'esprit. »

J'allais l'étrangler. Où étaient les biopsies, les microscopes et les lames d'analyses quand j'en avais besoin ?

« Écoutez, dis-je. Je me fiche de ce qu'il avait dans la tête. J'ai lu vos rapports. Les niveaux macrophages dans le tissu entourant les implants de la Ruche sont beaucoup trop élevés. C'est comme s'il venait de recevoir ces implants et que son corps faisait une grosse réaction inflammatoire. J'ai besoin de savoir ce qui s'y trouve. Il me faut un microscope et des lames. J'ai besoin de faire une analyse complète de son sang, et de le faire moi-même.

« Je ne comprends pas, Madame. »

Le Dr Surnen se dirigea vers nous, le nez enfoui dans l'écran de sa tablette. Il ne s'était pas montré amical, mais il ne m'avait pas rendu les choses difficiles non plus.

« Le système immunitaire humain est primitif, Krael, dit-il.

Primitif et très agressif. Un corps humain est capable de s'autodétruire pour combattre une maladie. »

Il leva les yeux vers moi et fronça les sourcils.

« Comme les implants de la Ruche, ajouta-t-il.

— Oui, » dis-je en ayant envie de bondir dans les airs.

J'argumentais avec l'assistant depuis une heure.

« Il faut que je cherche les protéines absorbées. Je pense que son corps luttait contre les implants de la Ruche. Mais il y a trop d'activité. C'est comme si les implants étaient tous nouveaux. Sa réaction inflammatoire indiquerait une réaction aiguë, et non pas chronique. S'il vous plaît, vous pouvez faire en sorte que votre équipe m'apporte un microscope ? Quelques lames ? Je m'occuperai des analyses de sang et des échantillons moi-même. »

Le Dr Surnen hocha la tête en direction de l'unité GMS située dans un coin de la pièce.

« Essayez de demander ça à la machine. Le système comporte peut-être votre microscope dans sa base de données. »

Je hochai la tête et me dirigeai vers la machine, puis je plaçai la paume sur l'interface de mise en route, comme on me l'avait appris. Nous nous trouvions dans un grand laboratoire, loin des chambres des patients. J'avais l'impression que cette pièce avait été créée pour accueillir les malades en cas d'urgence à grande échelle. Quatre tables opératoires étaient placées au centre de la salle comme des statues. J'apprendrais à comprendre les baguettes et autres gadgets plus tard. Krael m'avait dit que la technologie de la Ruche était biosynthétique, des tissus vivants conçus pour *fusionner* avec les cellules de l'hôte. Il fallait que je voie à quoi ça ressemblait.

Peut-être que la fusion ne se passait pas très bien. À en juger par le nombre de globules blancs dans les analyses de sang du capitaine Brooks, son corps luttait ardemment contre *quelque chose*. Et ce quelque chose était en train de s'en prendre à mon compagnon en ce moment même, de lui dévorer la chair, d'essayer de le tuer, tout comme Brooks avait été tué.

Il faudrait me passer sur le corps.

« Microscope LED, avec un grossissement de 3500. »

Je n'avais pas beaucoup d'espoir que ma demande soit satisfaite, mais je sautillai lorsque la pièce d'équipement se matérialisa devant l'unité GMS. Krael m'expliqua que c'était une adaptation de leur technologie de transport actuelle. GMS voulait dire Générateur de Matière Spontanée et tout ce qui avait été programmé dans le système était disponible sur simple demande vocale, de la nourriture aux vêtements en passant par... le matériel de laboratoire.

Désormais, j'avais un microscope. Il avait même un foutu fil électrique. Je demandai ensuite des lames de verre. Je ramassai le fil et me tournai vers le médecin.

Bon. Où est-ce que je peux brancher ça ? »

12

achel

L'UNIFORME vert que je portais était ample et confortable, mais ce n'était qu'une bien maigre consolation alors que je regagnais la suite que je partageais avec mes compagnons. Mon esprit me faisait mal, épuisé par des heures à me pencher sur des analyses chimiques, des prélèvements et des échantillons de sang.

Mais surtout, mon corps tout entier me donnait l'impression d'avoir été passée à tabac. Le Dr Surnen était un sale con coincé. C'était un fait. Mais il était brillant. Il m'avait donné exactement ce que je lui avais demandé et m'avait laissée faire mon travail. Il m'avait observée d'un regard d'aigle chaque fois que je m'approchais du corps du capitaine Brooks, que je faisais un prélèvement ou que je prenais des notes dans le cahier à spirale que j'avais demandé à l'unité GMS.

Oui, j'étais capable de travailler sur un ordinateur pendant des heures, mais écrire les choses à la main avait un effet différent, ça aidait souvent à réaliser que l'on avait raté des choses. Ma façon de faire fonctionnait et je serrais mon cahier contre moi comme l'objet indispensable que c'était. Les réponses étaient là-dedans, je le savais. Mon estomac se serrait en attendant que je le découvre. Il y avait quelque chose que j'avais dû rater, un lien. Une constante. Une réponse.

Toute cette situation faisait résonner les alarmes que j'avais dans la tête. Quelque chose clochait. Je ratais un élément, une pièce indispensable du puzzle. Et l'attitude du médecin ne m'aidait pas à me détendre et à réfléchir. J'avais besoin d'espace pour digérer toutes ces informations. Il fallait que je sorte de cette morgue improvisée, loin de toute cette testostérone. Entre le visage renfrogné du médecin et les interruptions de Krael, j'avais bien failli péter les plombs.

Je n'arrivais pas à décider si le médecin se comportait aussi mal avec moi parce que j'étais une femme, une étrangère, parce qu'il me voyait comme une menace, ou s'il avait quelque chose à cacher. Si je me fiais aux expériences que j'avais eues dans le monde scientifique, ou même dans le monde du travail tout court, la probabilité qu'il soit misogyne était élevée.

Très élevée.

Deux guerriers gigantesques m'escortèrent jusqu'à la suite que je partageais avec mes compagnons. Maxime avait dû s'occuper de la Base et avait dû assister à une réunion d'urgence avec Nial, le dirigeant de leur planète. Alors je n'avais pas vraiment pu pleurnicher et insister pour qu'il reste me regarder travailler.

De toute façon, je n'aurais pas pu prêter attention à mes partenaires, car mon esprit était tourné vers les réactions du métabolisme du capitaine et sur ses analyses sanguines. Mais tout de même, j'avais été obligée d'affronter le mauvais caractère du Dr Surnen toute seule. Cela me faisait réaliser à quel point je m'étais habituée à pouvoir compter sur mes partenaires. Une semaine plus tôt, je me serais fichue de cet imbécile de médecin, j'aurais ignoré ses petites piques et je ne me serais pas laissée faire. J'étais si forte ?

Mais à présent, j'avais non pas un, mais deux grands guerriers puissants qui se battraient et mourraient pour moi.

Surprenant, la vitesse à laquelle j'étais devenue dépendante d'eux. J'avais appris à me reposer sur eux et à leur faire confiance pour qu'ils prennent soin de moi.

Faible. J'étais devenue faible. Et tellement épuisée d'avoir dû lutter pour qu'on me laisse tranquille dans le labo que je ne protestai même pas lorsque l'un de mes gardes me contourna pour placer sa paume sur le scanner qui avertirait mes compagnons que j'étais rentrée.

La porte s'ouvrit immédiatement. Ryston me jeta un regard et me prit dans ses bras. La porte se referma, laissant mes gardes dans le couloir. Je me blottis dans la chaleur de Ryston. Derrière lui, j'entendis une voix de femme, puis celle de Maxime.

« Je suis désolé, mais non, disait-il.

— Maxime, je suis ta mère. Rentre à la maison. Amène ta nouvelle partenaire et Ryston avec toi. Je veux rencontrer ma nouvelle fille.

— Alors il faudra que tu viennes sur la Colonie, rétorqua-t-il. Je ne peux pas partir. Mes hommes ont besoin que je reste. »

Leur désaccord se poursuivit et j'avais beau tenter de me concentrer sur les battements de cœur de Ryston, je ne pouvais pas m'empêcher d'éprouver de la curiosité alors que je jetais mon cahier par terre. Plus tard. Je l'étudierais plus tard. Pour l'instant, Maxime était en train de parler à sa mère. Cela ne signifiait-il pas que c'était ma belle-mère ? Était-elle ici ? Oh, Seigneur, j'avais une sale tête. Je ne pouvais pas la rencontrer comme ça !

Je levai la tête et jetai un coup d'œil par-dessus l'épaule de Ryston. Sur l'énorme écran qui se trouvait sur le mur derrière le canapé se trouvait une femme prillonne, visiblement bien plus âgée que mes compagnons.

Je poussai un soupir de soulagement. Elle n'était pas là. J'avais envie de la rencontrer, mais pas tout de suite. Pas sans être sur mon trente-et-un. Il me fallait du maquillage, ou au moins une douche, avant de faire la connaissance avec ma belle-mère.

Elle n'avait pas la peau aussi foncée que celle de Maxime, mais pas non plus aussi claire que celle de Ryston. Ses cheveux étaient dorés, comme du bois teint et ses yeux étaient les mêmes que ceux de son fils, marron foncé.

Ses cheveux, au lieu d'avoir des mèches grises, comme ceux d'une humaine âgée, étaient parcourus de mèches si foncées qu'elles étaient presque noires.

Son visage, par contre, était presque en tout point comme celui de son fils. Leur ressemblance était indéniable et je me demandai de quoi le père de Maxime avait l'air.

« Je ne quitterai pas la Colonie, mère. Et personne ne sera là pour accueillir Ryston sur Prillon Prime. Si tu veux rencontrer ta nouvelle fille, tu devras convaincre père de payer pour le transport.

— Il n'y a rien pour toi là-bas, dit-elle, et le Prime Nial a levé l'interdiction pour tous les citoyens de la Colonie. Tu es libre, désormais. Libre de rentrer chez toi. »

Maxime se passa la main sur la nuque, signe qu'il était agacé. Ce petit indice de sa mauvaise humeur en disait long. Pendant le peu de temps que je l'avais connu, il n'avait presque jamais rien laissé paraître lorsqu'il était contrarié. Mais il s'agissait de sa mère et je savais que les histoires de familles étaient souvent plus dures à affronter que les pires ennemis.

« Je suis le gouverneur de la Base 3. C'est mon rôle, en tant que dirigeant, d'être présent pour les guerriers. Ce n'est pas une occupation frivole. Ryston est ici et Rachel aussi. Ma vie est ici.

— Je ne te dis pas de les abandonner, répéta-t-elle. Je veux simplement voir mes petits-enfants.
— Nous n'avons pas encore revendiqué notre partenaire. »
Elle semblait hébétée.
« Quoi ? Pourquoi ?
— Parce que c'est une Épouse Interstellaire. Elle a trente jours. »
La femme poussa une exclamation dédaigneuse, visiblement déçue par sa réponse.
« Et tu la laisses te contrôler ? Tu es devenu faible, sur cette planète sauvage ? Revendique-la, qu'elle le veuille ou non. Je veux des petits-enfants. Je veux que tu rentres.
— Si tu prévois de te transporter ici, préviens-moi. Au revoir, mère. »
L'écran devint noir. Je sentis les émotions de mes deux compagnons à travers mon collier. Leur frustration était noire comme de la suie.
« C'est à cause de moi que tu es comme ça ? demandai-je. Je t'ai rendu malheureux ? »
En entendant ces mots, Maxime se retourna et nous vit. Il ferma brièvement les yeux et je perçus un mélange de joie et de tristesse. Ces deux émotions contradictoires ne s'annulaient pas l'une l'autre. Non, elles créaient un mélange écœurant qui le déchirait.
« Je t'ai rendu faible ? »
Ce n'était pas ce que je voulais. Pas du tout. Mais deux compagnons étaient forts et puissants, même sans les rôles qu'ils remplissaient sur cette planète. Se faire rabaisser par une femme était castrateur sur Terre, mais ici, ce serait pire.
« Rachel, tu ne m'as pas affaibli du tout, dit Maxime en venant vers nous et en chassant les mèches qui me tombaient sur le visage. Tu as des cernes sous les yeux. »
Je n'avais pas besoin qu'il s'inquiète pour moi en cet instant.

Oui, j'avais besoin de sommeil, mais ça ne voulait pas dire que nous ne pouvions pas parler.

« C'est pour ça que tu refuses de me baiser ? Parce que nous ne sommes pas officiellement accouplés ? demandai-je à Ryston, mais avant qu'il réponde, je me tournai vers Maxime. Est-ce que les autres te voient comme un moins que rien parce que je ne t'ai pas encore demandé de me revendiquer ? Est-ce qu'elle pense que je te tiens pas les couilles ? »

Maxime rit, ce qui était rare.

« Partenaire, tu me tiens vraiment par les couilles. »

Il avait dû percevoir mon changement d'humeur, car il me prit les mains et les plaça sur sa poitrine.

« Quand tu nous vois, Ryston et moi, quelles sont les premières choses qui te passent par la tête ? »

Je fronçai les sourcils, mais je répondis :

« Grands. Puissants. Autoritaires. »

Il hocha la tête.

« Oui, on est toutes ces choses. »

Ryston me prit par les épaules avec ses mains chaudes.

« Mais si tu te refuses à nous ? Si ton cœur ne nous appartient pas, alors qu'est-ce qu'on sera ? »

Avant que je puisse répondre, il me posa un doigt sur les lèvres, et ajouta :

« La réponse, c'est rien. Sans toi, nous ne sommes rien. Je sais que tu as tes trente jours, mais tu dois savoir que même si au lit, on est sauvages et autoritaires, c'est toi qui as le pouvoir sur nous. »

Je ne comprenais pas vraiment.

« Tu peux avoir ta partenaire et rendre ta mère heureuse, dit Ryston à Maxime. Ramène-la chez toi. »

Maxime regarda son second par-dessus mon épaule.

« Qu'est-ce que tu racontes, bordel ? »

Sa colère, qui s'était dissipée alors qu'il me regardait, monta à nouveau.

« Tu as une famille qui t'aime et qui veut te récupérer. Tu n'es pas obligé de te créer une nouvelle vie ici. Tu as ta partenaire, désormais. Ta vie est complète. Rentre chez toi. »

Maxime fit un pas en arrière, puis un deuxième/ Il fendit l'air de sa main. C'était la première fois que je le voyais dans cet état-là.

Je me tournai vers Ryston et intervins :

« Qu'est-ce que tu es en train de dire ? Que tu ne veux pas être mon compagnon et le second de Maxime ? »

Ryston leva le menton. Ses yeux pâles semblaient plus foncés qu'à l'accoutumée, plus intenses.

« Si ça peut rendre Maxime heureux. Tout ce que j'ai toujours voulu depuis qu'on a été bannis sur cette planète, c'est être accepté, rentrer chez moi. Et maintenant, c'est possible, grâce au Prime. Rien ne retient Maxime ici, surtout maintenant qu'il t'a toi. C'est un guerrier respecté, un vétéran, qui a la chance d'avoir une partenaire. Il peut retourner sur Prillon Prime. Maxime, rentre.

— Et toi ? demandai-je en le dévisageant.

— Je n'ai pas la même chance que lui. Quand ma famille a vu que j'avais été intégré par la Ruche, ils m'ont souhaité bonne chance et m'ont informé qu'ils ne voulaient plus jamais entendre parler de moi. »

Il se posa la main sur le visage, là où le métal luisait à la lumière de la pièce.

« Je suis peut-être un vétéran, mais je ne suis pas respecté pour autant. Sur notre planète, personne ne se réjouira de mon retour. Il n'y a rien pour moi, là-bas. Ma vie est ici, sur la Colonie. »

Ryston avait été rejeté à cause des prothèses de la Ruche ? Ils le respectaient moins à cause d'un peu d'argent sur sa tempe et d'une lueur métallique dans son œil à la lumière ?

« C'est absurde, dis-je.

— C'est comme ça, la guerre. Il y a des choses dont on ne peut pas revenir.

— Je ne peux pas l'accepter, rétorquai-je. »

Leur peuple avait-il la moindre idée de ce qu'il avait fait pour sauver leur planète ? Toutes les planètes de la Coalition ? Il s'était sacrifié, avait survécu, tout ça pour être rejeté ?

« Et ta mère ? »

Il secoua la tête, son regard plein de résignation et d'acceptation. La douleur qu'il ressentait était ancienne, comme une épaisse cicatrice sur le cœur.

« S'ils ne veulent pas de toi, alors c'est une bande d'imbéciles égoïstes, » dis-je.

J'avais envie de faire apparaître la mère de Ryston sur le grand écran de la pièce pour lui dire ma façon de penser.

« La mère de Maxime a beau se méfier un peu de la Colonie, elle ne fait que s'inquiéter pour son fils, dit Ryston avant de regarder son ami. Elle t'aime. Elle veut que tu rentres. Elle fera n'importe quoi pour que tu rentres, quitte à te dire des choses qui te font du mal.

— Ton honneur te force à rester, » dit Maxime.

Ryston hocha la tête.

« Mon honneur à moi m'empêche de partir, » ajouta Maxime.

Je vis la compréhension traverser le visage de Ryston.

« Je n'abandonnerai pas ce que nous avons. C'est vous ma famille, désormais, poursuivit Maxime en nous montrant d'un geste de la main. Je ne renoncerai pas à tout ça pour ma mère. Il faudra qu'elle comprenne. C'est ça que je veux. Nous trois. Ici, sur la Colonie.

— Mais...

— Quand on aura revendiqué Rachel, alors on pourra retourner sur Prillon, mais seulement pour une courte visite. Et Ryston, tu viendras aussi. Je ne prendrai pas le risque de faire voyager Rachel sans mon second pour la protéger. Si mes parents veulent faire partie de nos vies, voir grandir leurs petits-enfants, ils devront venir sur la Base 3. »

Je m'empourprai à l'idée d'avoir des enfants avec eux, mais je me souvins que c'était comme ça, sur Prillon. Ce n'était pas comme si je n'étais qu'un utérus sur pattes aux yeux de Maxime. Toutes les partenaires de guerrier prillons étaient censées concevoir peu de temps après leur accouplement. Le lien entre les partenaires était trop fort pour se retenir de faire l'amour sans arrêt. Et si je voulais avoir le membre de Ryston dans ma chatte, j'allais devoir me dépêcher de tomber enceinte.

Je m'imaginai un petit garçon avec l'air sombre et les yeux chaleureux de Maxime et une petite fille avec les cheveux dorés de Ryston et son caractère de feu. C'était comme un rêve, trop parfait pour être vrai. Mais je savais que si je restais, je porterais leurs enfants. Et bientôt. Nous deviendrions une véritable famille. Et je fus surprise de vouloir cet avenir à ce point.

Maxime était complètement opposé à l'idée d'aller sur Prillon sans Ryston. Ryston voulait absolument que Maxime recrée du lien avec sa famille. Ils étaient tous les deux si honorables. Tellement prêts à se sacrifier.

« Vous renoncez à tant de choses pour moi, » dis-je d'une voix douce.

Ryston alla se placer à côté de Maxime. Ils se regardèrent, puis hochèrent la tête. Leur petite dispute prenait fin avec un simple hochement de tête ? *Ah, les hommes...*

« On a beau avoir des désaccords, dit Ryston, on est toujours d'accord en ce qui te concerne.

— C'est vrai, renchérit Maxime. Dès l'instant où on t'a vue dans la prison, on a su. Tu nous appartiens. C'est toi qui nous soudes. Et quand tu nous autoriseras à te revendiquer, ce ne sera pas seulement en mots ou en pensées. Tu deviendras également liée à nos corps. »

Mon corps devint brûlant à cette idée et je sentis leur

excitation parcourir mon organisme comme du caramel dans mes veines.

« Quand tu me prendras par devant et Ryston par derrière, tu veux dire ?

— En même temps, oui, ajouta Ryston.

— La revendication sera complète quand nous jouirons en toi, que nous t'emplirons de notre semence. Ton collier changera de couleur, il ne sera plus noir. Tu nous appartiendras. Pour toujours. »

Les mots de Maxime me donnaient chaud. Pas parce qu'ils étaient excitants, mais parce qu'ils emplissaient un vide dans mon cœur, un vide dont j'avais ignoré l'existence.

« Et si je voulais le faire maintenant ? » demandai-je, avant de me mordre la lèvre.

Maxime mit les épaules en arrière.

« Tu es en train de dire que tu acceptes mes revendications ? »

Était-ce le cas ? Avais-je envie de les rejeter et de me chercher d'autres compagnons sur la Colonie ? L'idée d'être avec deux inconnus me faisait me sentir vide. Mais rendre cette relation-là permanente, vraiment, vraiment permanente, était effrayant.

13

achel

« JE VOUS VEUX. Tous les deux. Je veux tout avoir. Mais aujourd'hui ? Tout de suite ? »

Je secouai la tête. Il se passait trop de choses autour de nous. Je ne pouvais pas penser à un avenir heureux alors qu'un homme que je venais de rencontrer, un humain, un nouvel ami venait de mourir dans mes bras. Alors que la maladie noire était en train de s'emparer du corps de Maxime et que je n'avais aucune idée de la manière de l'arrêter. Alors que le médecin me regardait de travers, comme si j'étais l'ennemie. Alors que les résultats du laboratoire n'avaient aucun sens.

Mon cerveau passait les données en revue comme un ordinateur. Je pouvais le sentir tourner à plein régime, mettre les pièces du puzzle en place. C'était mon point fort. J'absorbais des données, j'examinais les faits, et ensuite, je les laissais macérer dans ma tête jusqu'à ce que mon cerveau me fasse littéralement mal et je me laissais complètement happer par l'énigme à résoudre. Jusqu'à trouver la réponse.

Ryston passa les doigts sur le col de ma blouse.

« Il y a trop de complications en ce moment, dit-il. Trop de chaos autour de nous. »

J'allais ouvrir la bouche pour protester, pour lui assurer que je le voulais, que j'avais besoin de lui, mais j'aurais dû savoir que ce n'était pas nécessaire. Les colliers nous liaient. Je sentais son empathie pour moi aussi clairement qu'il devait ressentir ma hâte de me remettre au travail. Quelque chose clochait et cela me donnait à la fois envie de pleurer et de m'arracher les cheveux. Mais pour l'instant, j'étais trop fatiguée pour ça.

Mais mon esprit, lui, n'avait pas l'intention de me laisser me reposer et c'était presque aussi frustrant que le reste. Sur Terre, j'avais souvent pris mon cerveau en traître à l'aide d'un bon somnifère. Ici, je n'avais rien. Je ne pourrais pas dormir. Je le savais et cela me donnait envie de me rouler en boule et de pleurnicher.

J'avais besoin de faire une pause. Bon sang, j'en avais vraiment besoin. Après dix heures de travail d'affilée à prélever des échantillons de tissu, à apprendre à me servir de leur équipement débile, à me disputer avec le docteur et à mettre au point mes propres examens, j'étais prête à m'écrouler. Mais mon esprit ? Il tournait toujours à mille à l'heure. Des idées me traversaient la tête avant de disparaître comme des feux d'artifice dans un ciel noir.

La main de Ryston se posa sur ma joue et je me blottis contre lui. J'avais besoin de ça. J'avais besoin de me sentir en sécurité et entourée par mes compagnons. Je ne m'étais jamais sentie aussi protégée de toute ma vie.

« Laisse-nous prendre soin de toi, Rachel ? Tu as fait tout ce que tu pouvais pour l'instant. Le capitaine Brooks, les examens, ce mystère, ça nous perturbe tous. »

Ryston me caressa la lèvre inférieure avec son pouce, et je soupirai lorsque Maxime approcha et dit :

« On a le temps. Et on ne t'obligera pas à choisir avant que tu sois prête. »

Il vint se placer derrière moi et plaça sa large main dans le creux de mon dos, sa chaleur comme un fer rouge, et j'eus envie de sentir cette brûlure sur ma peau. Entre eux, je laissai le stress de la journée s'évanouir alors que sa voix grave me murmurait à l'oreille :

« Nous découvrirons ce qui se passe. Et quand tu seras prête, nous parlerons de la cérémonie de revendication. »

Ils comprenaient. Seigneur, ils semblaient toujours savoir exactement ce dont j'avais besoin. Étaient-ils trop honorables ? Sacrifiaient-ils ce qu'ils avaient désiré toute leur vie, avoir une partenaire revendiquée, parce que j'étais trop faible ? Étais-je égoïste ?

« Ça ne veut pas dire... Enfin, je vous veux toujours, » dis-je.

Maxime regarda Ryston. Quelque chose passa entre eux. Même si je n'avais pas les mots pour le décrire, je sentis une puissante vague de chaleur et de domination à travers mon collier.

« Et nous aussi, on te veut. Souviens-toi, Rachel. Pour te revendiquer, on devra te baiser tous les deux en même temps et t'emplir de notre semence. Tu n'es pas encore prête pour ça.

— Peut-être que si, » le contredis-je.

Maxime me tourna la tête et me souleva le menton avec son doigt.

« Oui, je sens que tu es prête à dire oui et ça me plaît. Ça fait aussi plaisir à Ryston. Nous arrivons à percevoir ton désir. Mais ton corps n'est pas prêt. Ryston t'a préparée, t'a étirée, a joué avec ton cul, mais pas assez. Pour l'instant, on va prendre soin de toi. Ton esprit est comme une tempête. Je sens que ton corps est tendu, je vois que ton regard est agité. Il faut que tu te détendes, Rachel. »

Il pencha la tête et m'effleura à peine les lèvres de sa bouche alors que les mains de Ryston me glissaient sur les hanches.

« Pour l'instant, nous allons te changer les idées. »

Mes tétons durcirent à cette idée.

« Comment ? »

Il fallait que je le sache. Je voulais l'entendre le dire avec sa grosse voix grave.

Maxime m'adressa un sourire diabolique.

« Tu vas me chevaucher pendant que Maxime t'insérera un plug anal entre les fesses. »

La perspective de prendre Maxime tout en étant pénétrée par-derrière me rendait toute chose. La dernière fois que je l'avais fait, ça avait été si bon. J'avais eu un orgasme incroyable. J'ignorais que cet acte charnel m'aurait plu et, au début, j'avais été gênée. Mais je n'avais pas baissé dans l'estime de mes compagnons à cause de cela. Au contraire. C'était la coutume chez les guerriers prillons. Pour être revendiquée, il fallait qu'ils me prennent tous les deux en même temps. Une double pénétration. Et grâce au test du Centre de Préparation des Épouses Interstellaires, je savais déjà que ça me plairait. Non, que j'adorerais ça.

Cela me rassurait, tout comme le fait que les petits jeux de Ryston me donnent du plaisir. Et quand il serait temps pour moi d'accueillir son sexe. Je poussai un gémissement.

« Oui, je vois que cette idée te plaît.

— Et toi ? demandai-je à Ryston. Il faut que tu jouisses, toi aussi.

— Oui, et tu pourras m'aider avec ça, dit-il en commençant à se déshabiller. Dans ta bouche ? J'adore quand tu me suces. Ou avec ta main ? Si douce et légère. Tu n'es pas obligée de faire autant attention. Je pourrais même te baiser les seins. Tu as déjà fait ça ? »

Lorsqu'il m'eut tentée avec toutes les possibilités, il était complètement nu, son sexe dressé et trempé de liquide pré-séminal.

« Pour l'instant, il n'y a que nous. Pas d'overdoses, pas de prélèvements, pas d'analyses, pas de mères envahissantes. C'est la vie. Le bon comme le mauvais. Nous savons qu'il faut trouver le bonheur où qu'il se trouve. »

Les mots de Maxime me touchaient profondément.

Il avait raison. En dépit de la mort et de la destruction, de la tristesse et du chagrin, et même de la frustration d'avoir été accusée à tort, la vie continuait. Nous avions trouvé le bonheur là où on avait pu.

J'avais uniquement dit oui au transport pour ne pas mourir en prison. Mais à présent, sur la Colonie, j'avais accepté ma nouvelle vie. J'avais accepté ces guerriers comme compagnons. Ils ne me revendiqueraient pas aujourd'hui, mais ils m'appartenaient tout autant que je leur appartenais. Quoi qu'il arrive, nous trouverions du réconfort, de la joie et du plaisir ensemble.

Comme en cet instant. J'attrapai le col de ma blouse et la soulevai au-dessus de ma tête. Ils me regardèrent avec attention. Ce n'était pas un strip-tease sexy, mais je sentais qu'ils étaient contents quand même. Ryston se caressait en me regardant et Maxime était lui aussi en train de se déshabiller, alors nous finîmes tous nus.

Maxime tendit une main vers moi et me tira vers un fauteuil moelleux. Il s'assit, puis je me mis à califourchon sur lui.

« Ça n'était pas une conversation très excitante, dit Maxime. Tu es mouillée pour moi ? »

Je voyais l'inquiétude dans ses yeux brun-chocolat. Ils ne me pénétreraient pas tant que je n'aurais pas la tête à ça.

Je lui adressai un sourire faussement timide et haussai les épaules.

— Tu devrais peut-être vérifier ?

Maxime ne me quitta pas des yeux alors qu'il glissait la main entre mes cuisses écartées, avant de la passer doucement sur mes petites lèvres. L'un des avantages du processus pour la Colonie, c'était que j'étais imberbe. De façon permanente. J'ignorais comment c'était possible, mais je n'avais pas non plus cru que me téléporter comme un personnage de *Star Trek* était possible. Me faire lécher et toucher sans avoir le moindre poil *en bas* était beaucoup plus agréable. À moins que ce ne soit uniquement grâce à leurs compétences. Tout ce qu'ils faisaient était tellement plus agréable qu'avec mes partenaires précédents.

« Mmm, elle est mouillée, Ryston, mais pas assez. »

Ryston se déplaça pour que je puisse le voir et il me montra un autre plug de la boîte. Celui-ci était plus large que le précédent, et plus long aussi. Mais il n'était pas aussi imposant que leurs sexes.

Maxime poussa un grognement.

« Elle vient de me serrer le doigt rien qu'en le voyant. Et elle mouille encore plus. »

Il croisa mon regard et ajouta :

« Qu'est-ce que tu vas faire quand il te pénétrera avec ? Tu vas me jouir sur la main ? »

Je me penchai en avant et frottai mes seins contre son torse nu.

« Avec ton doigt en moi ? Oui, j'aurai sans doute un orgasme. »

Maxime sourit.

« C'est bien. Faisons en sorte que ça arrive. Ensuite, je pourrai te baiser »

Il ne dit rien de plus et se contenta de se servir de son doigt de manière divine. Son doigt épais faisait des va-et-vient en moi en imitant ce que ferait bientôt – je l'espérais – son membre et il avait un don pour trouver mon point G et de l'exciter de manière à m'arracher des cris. C'était comme appuyer sur un bouton magique.

Et lorsque je sentis l'un des doigts de Ryston se presser contre mes fesses, tout mouillé et chaud, je poussai un grognement. Les sons qu'ils parvenaient à m'arracher étaient puissants, impossibles à réprimer. Bon sang, je n'arrêtais pas de crier et je n'étais même pas encore en train de jouir.

« Voilà, dit Ryston. Laisse-moi entrer. Rien qu'un doigt. Oui, c'est bien. Plus profond, maintenant. »

Mes yeux se fermèrent et je sentis mes tétons durcir.

« Qu'est-ce que ça fait, de se faire prendre par les deux trous ? » demanda Maxime.

J'étais incapable de répondre, tant c'était bon.

« Imagine ce que ce sera quand à la place, ce sera nos queues. »

Oh, Seigneur, ça m'achèverait.

« Deux doigts, partenaire, » dit Ryston.

Les deux hommes se retirèrent un instant, puis ils ajoutèrent chacun un deuxième doigt. C'était tellement plus intense.

Mes mains se posèrent sur les épaules de Maxime et mes doigts s'enfoncèrent dans sa peau, agrippés à lui.

« Oui ! m'écriai-je. Encore. »

Alors que Maxime continuait de jouer, Ryston se retira et plaça l'extrémité arrondie du plug à mon entrée. Il l'avait enduit de lubrifiant, car quand il commença à me pénétrer avec, l'objet s'enfonça sans peine.

Je ne pus retenir un grognement. Bon sang, ce plug était gros. Je me contractai sur sa base, me contractai sur les doigts de Maxime.

« Prête à jouir, partenaire ? »

Je hochai la tête et mes cheveux me tombèrent sur le visage.

Il ne fallut qu'une caresse de son pouce sur mon clitoris. Il était dur et gonflé, impatient d'être touché. Un mouvement, un deuxième sur la gauche – qui aurait deviné que c'était l'endroit le plus sensible ? –, et je jouis.

Mon corps tout entier se mit à trembler de plaisir et se contracta sur le plug et les doigts de Maxime. Je me sentis mouiller davantage et me répandre sur sa paume. J'avais des fourmis partout dans le corps. Mes muscles se détendirent. Mais surtout, mon cerveau ne pensa plus à rien. Je ne sentais plus que mon orgasme et le désir grandissant de mes compagnons.

« Encore, » les suppliai-je lorsque j'eus réussi à reprendre mon souffle.

Avec précaution, Maxime retira ses doigts et me souleva pour me retourner. Avec ses mains sur mes hanches, je le chevauchai, en lui tournant le dos, cette fois.

« Maintenant, je peux te baiser pendant que tu feras jouir Ryston, » dit-il en me caressant le dos. Ses doigts couverts de mon plaisir laissèrent une traînée mouillée le long de mon échine.

Ryston vint se placer face à moi, s'essuya les mains sur un morceau de tissu, puis le jeta par terre. Avec sa large main, il me prit un sein et me caressa le téton avec son pouce. Il posa l'autre sur son sexe et le saisit à la base.

« Je vais te baiser la bouche pendant que Maxime te baisera la chatte. »

Je ne pus que hocher la tête et me lécher les lèvres. Oui, c'était aussi ce que je voulais. Je voulais leur faire plaisir à tous les deux. Même si le fait que Ryston me prenne par devant ne me posait pas de problème, les lois prillons ne le permettaient pas. Pas encore. Je sentais à quel point il avait envie de le faire, mais l'idée de jouir dans ma bouche ne semblait pas le déranger. Apparemment, tous les hommes, qu'ils soient Terriens ou extraterrestres, aimaient se faire sucer.

« Oui, » dis-je.

Avec ma permission, il s'avança, mais il attendit que

Maxime m'ait soulevée et m'ait fait redescendre sur son membre. Il le fit avec lenteur et précaution, car son sexe était énorme et que le plug était plus gros que celui d'avant.

Lorsque je fus de nouveau assise sur Maxime, je me tortillai. Tout son sexe n'était pas encore en moi. En prenant appui sur une main, je me penchai en avant, vers le membre de Ryston. Ce changement de position me permit de prendre Maxime entièrement et je poussai une exclamation. J'étais tellement remplie.

Ryston plaça son sexe juste devant moi et je léchai le liquide nacré qui s'en écoulait, son goût salé sur ma langue. Je le léchai comme une glace, jusqu'à ce qu'il me prenne par les cheveux et m'attire vers lui avec douceur. Il voulait entrer dans ma bouche et je n'avais pas l'intention de me défiler.

Ce n'est que lorsque ma bouche fut grande ouverte autour de Ryston et que j'eus commencé à bouger de bas en haut sur son membre que Maxime se mit à me baiser. Lorsqu'il me soulevait, je m'approchais de Ryston, puis il me reposait sur ses cuisses. À chaque mouvement des mains de Maxime, je baisais le sexe de Ryston avec ma bouche. Si épais, si dur et si doux. Je n'avais pas besoin de bouger, juste de me laisser porter.

Je n'avais pas besoin de réfléchir. Simplement de ressentir et c'était incroyable. Je sentais le plaisir désespéré de Ryston. Maxime était fier de me voir satisfaire son second tout en le prenant aussi bien, surtout avec le plug.

À présent, je comprenais ce qu'il avait dit plus tôt. C'était moi qui avais tout le pouvoir. Maxime avait beau me faire bouger comme il le voulait et Ryston avait beau contrôler ma respiration en s'enfonçant de plus en plus profondément dans ma gorge, je pouvais dire non. Je pouvais leur dire d'arrêter. Je pouvais leur dire que je voulais d'autres compagnons. Notre relation, notre accouplement, reposait uniquement sur moi. C'était ma décision.

Je les tenais tous les deux par les couilles et je n'avais pas l'intention de les lâcher.

C'était enivrant, de savoir que j'avais un tel pouvoir sur deux mâles virils et dominateurs. Grâce à cela, ils me rendaient plus forte, car je savais que j'étais protégée et chérie. Je pouvais affronter les connards arrogants comme le Dr Surnen. Je pouvais affronter la chose terrible qui faisait du mal aux habitants de la Colonie. Avec Maxime et Ryston, je pouvais affronter n'importe quoi.

Et eux aussi.

Alors je me laissai aller. Je me lâchai complètement. Je leur ouvris mon corps, mon esprit, mon cœur. Avec nos émotions et nos désirs qui tourbillonnaient entre nous, il ne me fallut pas longtemps pour avoir un autre orgasme. Je n'aurais pas pu me retenir, même s'ils me l'avaient demandé. Je sentais que leur désir était tout aussi grand et qu'ils étaient simplement en train de m'attendre.

J'atteignis le point de non-retour, pompant le sexe de Maxime de manière impitoyable et il s'agrippa à mes hanches, m'abattant sur son membre pour s'enfouir profondément en moi.

Mon cri fut étouffé par le sexe de Ryston. Maxime grogna son plaisir et je sentis son sperme m'emplir. Mon plaisir avait entraîné celui de Maxime, qui acheva à son tour Ryston. Il me tira par les cheveux et m'attira plus fort contre son membre, puis il jouit, emplissant ma bouche de son essence.

C'était trop. Ils étaient trop. *Nous* étions parfaits. Lorsque nous aurions réglé ce qui se passait sur la base, il ne faisait aucun doute qu'ils me revendiqueraient. Et je les laisserais faire. Car même si nous n'avions pas encore eu notre cérémonie de revendication et tout ce qu'elle impliquait, je leur appartenais déjà.

14

Maxime

MA PARTENAIRE DORMAIT ENTRE NOUS. Elle était sur le flanc et je me collai à son corps comme une couverture protectrice. Sa poitrine était pressée contre les côtes de Ryston, leurs jambes emmêlées et la main de Rachel sur sa nuque, qui le caressait même dans son sommeil.

Je n'arrivais pas à dormir. Une douleur, persistante et de plus en plus intense, courait dans les implants de la Ruche de mon épaule, jusqu'au bout de mes doigts. Cette douleur irradiait dans mon dos et à la base de mon crâne comme si des centaines de petits insectes me dévoraient de l'intérieur.

Rachel était épuisée, et pourtant, même dans son sommeil, son esprit tournait à plein régime, son énergie un bourdonnement constant dans mon collier.

Peu désireux de déranger ma famille, je me détachai doucement d'eux et me levai. Je comptais enfiler mon uniforme et partir à la recherche du Dr Surnen. Il aurait peut-être des réponses à me donner. Je savais que Rachel serait fâchée que je la laisse ici, mais Ryston et moi avions ressenti son épuisement. Quelques heures de repos lui feraient du bien. J'attendrais, car je doutais qu'elle puisse faire quoi que ce soit pour soulager ma douleur pour l'instant.

J'avais parcouru la moitié du chemin jusqu'à la porte lorsqu'elle se redressa brusquement.

« Ils bougeaient. »

Je me retournai et regagnai le lit. Je m'assis au bord du matelas.

« Chut, ma chérie. Rendors-toi. »

Elle avait les yeux grands ouverts, ses cheveux noirs une cascade soyeuse sur ses épaules. Bon sang, elle était trop belle pour être vraie, pour être à moi.

« Ils bougeaient. Ils changeaient de position. Ils n'étaient pas censés bouger, si ? »

Ryston grogna et roula sur le côté, en la prenant par la taille.

« Rachel, rendors-toi ? Tu es trop fatiguée. Ton épuisement te brouille l'esprit. »

Rachel lui passa les mains autour du bras et regarda dans le vide. Je ne savais pas trop si elle était éveillée, endormie, en train de rêver, ou exténuée.

« Rachel ? »

Sans me regarder, elle repoussa la main de Ryston et alla se mettre au bord du lit.

« Ils ne devraient pas bouger. Qu'est-ce qu'ils font ? Quel âge ont ces implants ? Il a dit qu'ils étaient neutralisés. Mais ils faisaient quelque chose. Il était sur la droite. Et quand j'ai regardé à nouveau, il était à gauche. Ce n'était pas moi. Pourquoi bougeaient-ils ? Comment bougeaient-ils ?

— Rachel ? » demanda Ryston.

Il s'était assis et nous regardâmes tous les deux notre partenaire tirer sur sa blouse et ses bottes sans cesser de parler.

« Il me faut un échantillon, dit-elle en posant enfin les yeux sur nous, passant de Ryston à moi, puis encore à Ryston. Habillez-vous. Il faut que vous m'accompagniez au labo, tous les deux. Tout de suite.

— Pourquoi ? » demandai-je.

J'enfilai mon pantalon alors que Ryston quittait le lit avec un grognement. Si je m'étais attendu à une réponse, j'aurais été déçu, car Rachel nous laissa là, en attachant ses cheveux dans une sorte de chignon. Elle récupéra un crayon dans son cahier posé près de la porte et l'utilisa pour fixer sa coiffure improvisée.

« Maxime est infecté, pas Ryston. Le Quell dans l'organisme de Brooks n'était pas normal. Pas normal du tout. Et ce n'était pas celui qu'on peut trouver au marché noir. Sa composition était inhabituelle. Ils le fabriquent. Ils sont vivants et ils le fabriquent. »

Elle se mit à faire les cent pas devant la porte, ses émotions complètement réprimées. Là où les émotions pleines de gentillesse et de douceur – ou de désir – de ma partenaire me submergeaient habituellement comme une couverture chaude et agréable, tout ce que je sentais émaner d'elle à présent, c'était de la satisfaction. De la curiosité. De la peur.

« Rachel ? »

Je me plaçai devant elle, et Ryston me rejoignit. En entendant son nom, elle leva les yeux et les posa brièvement sur nous avant de se détourner en hochant la tête.

« Bien. Bien. Venez. On y va. Il me faut des échantillons. »

Ryston haussa les épaules lorsque je croisai son regard et nous suivîmes notre partenaire qui continua de marmonner jusqu'à l'infirmerie, comme deux animaux de compagnies tenus en laisse. Non pas que ça me dérange. J'avais vu la Rachel folle de sexe. J'avais vu sa gentillesse et la confiance qu'elle nous portait. Je l'avais vue en colère et pleine de défi. Mais ce nouveau côté d'elle était tout aussi fascinant.

« Qu'est-ce qu'elle fait ? » demanda Ryston derrière moi.

Je souris. Je ne pouvais pas m'en empêcher.

« Elle fait sa Rachel. »

La porte de l'infirmerie s'ouvrit et elle nous fit entrer dans le laboratoire sombre et désert. Construite afin de recevoir les patients dans les situations d'urgence et pour traiter les blessures de guerre avec efficacité, cette pièce avait été modelée d'après les infirmeries des vaisseaux de guerre prillons. Dieu merci, nous n'avions jamais eu à nous en servir.

La salle était plongée dans l'obscurité, à l'exception d'un plan de travail, devant lequel le Dr Surnen était assis, les yeux braqués sur un drôle de petit instrument que je n'avais encore jamais vu. Il leva les yeux lorsque nous entrâmes.

« Gouverneur.

— Docteur. »

Je n'eus pas besoin de lui demander ce qu'il faisait. Je ne fis pas non plus de commentaire sur la fatigue évidente qui lui marquait les traits, ni sur ses épaules voûtées. Mais son regard était plein d'une concentration intense, du désir de résoudre l'énigme. Je reconnaissais cet air-là, car je l'avais vu il n'y avait pas très longtemps dans les yeux de Rachel.

Lorsqu'elle alla se placer à côté du médecin, elle posa ses feuilles – qu'elle appelait cahier – sur la table et il tourna enfin son attention vers elle.

« C'est un instrument fascinant, » dit-il en montrant l'instrument.

Elle lui adressa un sourire, un vrai sourire et je fis un pas vers eux avant de réussir à retenir le gros jaloux à l'intérieur de moi qui ne voulait pas qu'elle sourit à qui que ce soit d'autre.

« N'est-ce pas ? dit-elle. Vos unités GMS sont fantastiques, mais parfois, il faut pouvoir voir quelque chose pour le comprendre. »

Le médecin fit glisser une petite lame de verre hors de l'appareil et la remplaça par une autre. Il la maintint en place grâce à des petites pinces en métal et posa les yeux sur l'objectif.

« Je sais que nos scientifiques ont étudié cette technologie en détail. J'ai étudié tous leurs rapports. J'ai même fait quelques analyses et recherches moi-même, mais je n'avais jamais regardé ça comme ça. »

Rachel laissa le médecin à sa découverte et marcha jusqu'à un petit plateau posé près de l'un des lits d'hôpital. Elle agita la main en direction du lit et leva les yeux vers nous.

« Asseyez-vous. J'ai besoin d'un échantillon de chacun d'entre vous. »

Ryston s'assit le premier et je l'imitai. C'était perturbant, la façon qu'avait Rachel de ne pas nous regarder, mais de regarder *à travers* nous, comme si nous n'étions pas à elle. Pas réels. Même pas là. Son esprit se trouvait loin, très loin d'ici.

J'avais envie de la prendre dans mes bras et de l'embrasser comme un fou, pour lui rappeler à qui elle appartenait et pour la ramener au moment présent, avec nous. Mais je savais que cela aurait été une énorme erreur. Quelle que soit la chose à laquelle elle réfléchissait, c'était important pour nous tous. J'avais beau avoir envie que sa douceur me réconforte, j'avais également besoin qu'elle soit comme ça. Forte. Assez forte pour tous nous sauver.

Elle souleva un instrument pour prélever des tissus du plateau et fit baisser la tête à Ryston, avant de la faire pivoter pour placer l'appareil sur la partie contaminée de sa tempe. Avec une incision précise et rapide, elle lui préleva un morceau de chair et le plaça sur l'une des lames de verre avant de la tendre au médecin.

« Docteur, vous m'avez observée tout à l'heure ? Vous savez comment préparer ça ?

— Oui. Je vous ai observée.

— Je le savais. »

Elle plaça la lame à côté de lui puis se retourna, et

poursuivit :

« Très bien. Préparez-la. Mettez un R sur le côté pour ne pas la confondre avec une autre lame. »

Fasciné, je regardai le médecin faire exactement ce qu'elle lui ordonnait alors qu'elle apportait une autre lame et l'instrument à prélèvement vers moi.

« À ton tour, Maxime. Je veux faire un prélèvement à proximité de l'implant. »

Je retirai ma tunique et la laissai tomber à côté de moi sur la table d'examen. Ryston poussa un juron et Rachel marqua une pause, les yeux écarquillés alors qu'elle constatait la gravité de mon état.

« Oh la vache.

— Ne te déconcentre pas maintenant, partenaire. Termine ce que tu es en train de faire. »

Je lui tendis mon bras et restai parfaitement immobile alors qu'elle faisait son prélèvement. Lorsqu'elle eut fini, elle leva les yeux vers moi et dit :

« Je vais en prendre deux autres, l'un sur le bord, et l'autre directement sur l'implant de la Ruche. Tu veux bien ? »

Je lui soulevai le menton et l'embrassai sur les lèvres avec douceur.

« Tu peux prendre tout ce que tu veux, partenaire. »

Ses joues prirent une adorable teinte de rose, mais elle hocha la tête et retourna à sa tâche, avant de rendre les lames au médecin et de lui demander de les préparer et d'y inscrire M-1, M-2 et M-3.

Avec un geste absent, elle alla se placer à côté du médecin.

« Tu peux remettre ta tunique, bébé. »

Bébé ?

Ce mot me paralysa, jusqu'à ce que Ryston me donne un coup dur l'épaule en riant.

« Bébé, hein ? Enfoiré. Pourquoi je n'ai pas de petit nom, moi ? »

Je ne pris pas la peine de lui répondre alors que nous regardions tous les deux le médecin rendre les lames et la drôle de machine à notre partenaire. Elle les passa en revue plusieurs fois, en prenant des notes dans son petit livre alors que la douleur devenait de plus en plus forte en moi, jusqu'à ce que j'explose.

Je portai la main à ma tête avec un gémissement et je me sentis tomber. Je sentis les bras de Ryston m'attraper avant que je heurte le sol. J'entendis Rachel crier et tout devint noir.

Rachel

La réponse se trouvait là, sur toutes ces lames.

Les cellules de la Ruche qui se trouvaient dans le corps de Maxime avaient été réactivées, d'une manière ou d'une autre. Elles bougeaient, se multipliaient et sans aucun doute, provoquaient une réaction inflammatoire violente. Si le capitaine Brooks avait subi la même chose, alors les implants de la Ruche avaient dû commencer à rejeter du Quell dans son organisme.

En regardant l'infestation grouillante d'implants vivants de la Ruche, j'étais persuadée que si nous prélevions le sang de Maxime, il aurait également l'air de provenir d'un drogué.

Mais les implants de Ryston avaient l'apparence que le médecin m'avait dit qu'ils devraient avoir, la même que ceux de tous les guerriers de la Colonie auraient dû avoir aussi loin des fréquences de la Ruche. La Colonie se trouvait en plein cœur de la zone contrôlée par la Coalition, à une distance censée les protéger de la réactivation de leurs implants.

« Maxime ? »

La panique dans la voix de Ryston interrompit brutalement mes pensées et je fis tourner ma chaise pour voir mon compagnon s'écrouler par terre.

« Oh, Seigneur. Non. »

Non. Non. Non. J'étais si près du but. J'avais presque trouvé une solution.

Ryston le posa par terre et je me penchai sur lui.

« Maxime ? Bébé ? Tiens bon, d'accord ? Je vais régler ça. »

Je l'embrassai sur le front.

« Je vais régler ça. Je vais régler ça. »

Le Dr Surnen se précipita aux côtés de Maxime avec sa baguette GMS, mais je l'ignorai. Il fallait que je règle ça tout de suite. Immédiatement, bon sang.

J'avais l'impression d'être dans un rêve, un cauchemar au ralenti duquel je n'arrivais pas à me réveiller. Assise sur ma chaise avec mon cahier ouvert, je regardais mes schémas, mes données, en pensant à la maladie qui couvait, immobile, dans les implants de Ryston, en comparaison avec les cellules meurtrières et toxiques dans le corps de Maxime.

« Docteur ?

— Oui. »

Il se trouvait à genoux à côté de Maxime, mais je n'avais pas besoin de son corps, seulement de son cerveau.

« Vous avez dit que les implants étaient contrôlés par des fréquences radio utilisées par la Ruche pour tous leurs soldats biosynthétiques ?

— Oui.

— Alors, vous n'êtes plus dans le champ d'action de la Ruche ? Comment avez-vous réussi à l'empêcher d'agir ? »

Le médecin fit tourner le haut de son corps et me regarda par-dessus son épaule.

« — La Colonie se trouve en plein cœur de l'espace contrôlé par la Coalition. Pour l'instant, aucune des fréquences de la Ruche n'est parvenue à pénétrer aussi loin. Et puis cette planète a été choisie à cause de sa sphère magnétique très puissante. Nous nous servons de satellites relais pour la communication et le transport. Sans eux, le champ magnétique naturel de la planète perturberait tout. »

Je me mordis la lèvre et pensai aux petites cellules cyborgs qui nageaient dans les prélèvements que j'avais faits sur le dos de Maxime.

« Alors, si quelqu'un parvenait à faire en sorte que les fréquences de la Ruche arrivent jusqu'ici, que se passerait-il ? »

Il secoua la tête, mais c'est Ryston qui répondit :

« C'est impossible.

— Pourquoi ? Vous vérifiez ? Comment tu le saurais ? »

Ryston plissa les yeux.

« Non. Je suis dans l'équipe de sécurité, Rachel. On ne vérifie pas ce genre de choses. En soixante ans, aucune fréquence de la Ruche n'est parvenue jusqu'ici. Elles ne peuvent pas nous atteindre. »

Je jetai un coup d'œil aux lames, puis à mon compagnon.

« Eh bien, quelque chose réussit pourtant à vous atteindre. Tes implants sont toujours morts. Complètement inactifs ? Mais ceux de Maxime et du capitaine ? Les leurs sont vivants. Ils se déplacent, se multiplient, se répandent. Quelque chose les a remis en marche.

— Oh, non, par les Dieux, dit le médecin en vacillant, comme si je venais de dire une horreur. »

Ryston se leva comme un ange vengeur, sans peur et plein de rage. Bon sang, qu'est-ce qu'il était beau !

« Vous pouvez trouver qui fait ça ? demandai-je. Quelqu'un diffuse ces ondes. Si vous n'y mettez pas fin, ça vous tuera tous.

— Ils essayent peut-être de nous tuer, ou peut-être de nous asservir, intervint le médecin. On n'en sait rien. »

Je n'y avais pas pensé.

« La Ruche voudrait vous récupérer ?

Ryston alla se placer près d'une station de communication

située près de la porte.

« Bien sûr. Nous avons une planète pleine de soldats intégrés qu'ils pourraient utiliser pour leur guerre. Du matériel biologique déjà traité et sous contrôle. C'est pour ça que nous n'étions pas autorisés à rentrer chez nous. C'était la plus grande peur de tout le monde, que la Ruche découvre comment reprendre le contrôle de nos esprits et de nos corps. De nous faire tuer pour elle. »

Ryston leva la main et appela un membre de son équipe de sécurité.

« Faites une vérification pour toutes les fréquences de la Ruche. »

Moins d'une minute plus tard, un flot de jurons sonores retentit dans la pièce à travers le haut-parleur.

« Capitaine. On a trouvé quelque chose. On envoie une équipe pour enquêter.

— Où ça ? demanda Ryston.

— L'infirmerie. »

Je me tournai vers le médecin, vers mon compagnon. Énigme résolue. Je ne pouvais pas trouver leurs fréquences et je ne pouvais pas traquer les gadgets de la Ruche mais j'avais accompli mon travail.

« Docteur ? Comment fait-on pour éteindre ces trucs-là ? Il y a forcément un moyen de les éteindre avant que ça le tue.

— Bien sûr, bien sûr. »

Comme dans un état second, le médecin se précipita vers un tiroir situé dans le mur aux rayures vertes et crème. Il en sortit un autre instrument en forme de baguette et retourna auprès de Maxime. Je m'agenouillai sur le sol et posai la tête de mon compagnon sur mes genoux.

« Reste avec moi, bébé. Je suis là. Ne me laisse pas. »

Le médecin alluma son instrument et une lumière vive passa du rouge au bleu alors que le médecin le faisait passer au-dessus du corps de Maxime.

« Qu'est-ce que vous faites ? demandai-je.

— Cet instrument crée un champ magnétique puissant. Cela effacera la programmation des implants au niveau cellulaire, les rendant inertes. »

Trois hommes gigantesques déboulèrent dans la pièce, alors que Ryston les attendait. Il tendit la main et l'un de ses officiers de sécurité lui plaça une sorte de détecteur dans la main. Ryston l'alluma et ils disparurent tous les quatre dans la pièce attenante.

Moins de deux minutes plus tard, ils revinrent. Ryston avait un objet plus petit qu'une balle de golf dans la main.

« Je vais lui arracher la queue et je vais la lui faire bouffer, dit le médecin.

— Qui, Docteur »

Le Dr Surnen leva les yeux et soupira.

« Ça appartient à Krael. Mon assistant. »

Je clignai des yeux avec lenteur, hébétée. Il était sérieux ? L'imbécile heureux qui m'avait aidée pendant des heures ?

« Krael ? répétai-je.

— J'en ai bien peur.

Ryston regarda son équipe. »

« Allez le chercher. Je le veux vivant.

— Oui, Monsieur. »

Ils sortirent tous ensemble et un frisson glacé et complètement illogique me parcourut lorsque je crus que Ryston allait partir aussi. Je reconnaissais ce sentiment, je l'avais souvent éprouvé lorsque j'étais en prison. De la terreur. Une terreur incontrôlable et solitaire.

J'avais besoin de mes compagnons. Des deux. Ils étaient sauvages, protecteurs et plus forts que je ne le serais jamais. Je m'étais habituée à les avoir à mes côtés. L'idée que Ryston puisse partir alors que Maxime était blessé, qu'il me laisse gérer tout ça toute seule était terrible.

J'avais l'impression d'être une faible, une imbécile, mais la perspective de me retrouver sans lui faillit empêcher mon cœur de battre. Je voulais qu'il reste. J'avais besoin de lui. Mais je n'exigerais pas cela de lui. Je ne pouvais pas. Pas s'il avait un travail à accomplir. Je ne l'en empêcherais pas. Je ne lui barrerais pas la route.

« Ryston. »

Il vint jusqu'à l'endroit où j'étais assise sur le sol dur et froid avec le docteur et il s'accroupit à mes côtés. Sa grande main chaude se posa sur mon épaule et en un instant, je me sentis mieux.

« Je ne te laisserai pas, Rachel. Je ne te laisserai jamais quand tu auras besoin de moi. »

Mes larmes se mirent à couler toutes seules, une rivière silencieuse le long de mes joues. Je les ignorai. Je les laissai couler. Je ne lâcherais pas Maxime pour les essuyer.

Ryston s'adressa au médecin :

« Est-ce qu'il va s'en sortir ? »

Le Dr Surnen hocha la tête et, soudain, je pus de nouveau respirer.

« Oui. Il va avoir besoin d'un passage dans la capsule GMS, mais maintenant que nous avons interrompu le processus de réactivation, il survivra. »

Le regard du médecin se posa sur moi, et il reprit :

Merci à vous, Dame Rone. »

Je levai les yeux vers Ryston, le corps brûlant à la fois de soulagement et d'amour. D'un amour ardent et pénétrant pour mon compagnon secondaire, avec son mauvais caractère et sa passion. Maxime était mon foyer, mais Ryston était mon feu. J'avais besoin d'eux deux.

« Je t'aime, » dis-je.

Ryston posa la main sur mon collier, son regard différent de tout ce que j'avais vu jusqu'à présent.

« Je sais, mon amour. Je sais. »

15

Maxime, trois jours plus tard

« JE SUIS PRÊTE À ÊTRE REVENDIQUÉE, » annonça Rachel.

Ces mots me mirent à l'arrêt. Mes jambes, mon esprit. Mais ils réveillèrent mon sexe. Tous les mâles prillons attendaient qu'une femme dise ces mots. *Je suis prête à être revendiquée.*

En faisant cela, elle serait à nous, définitivement. Son collier changerait de couleur, il passerait du noir au cuivre. Comme les nôtres, à Ryston et à moi. Cela annoncerait à tout le monde qu'elle était officiellement Dame Rone, qu'elle nous avait acceptés, qu'elle nous voulait. Non, qu'elle avait besoin de nous et qu'elle ne voulait jamais être séparée de nous.

Ryston avait dû penser à la même chose. Même si je sentis sa surprise et son impatience à travers mon collier, ses mots me le confirmèrent :

« Comment ça, Rachel ? Être revendiquée ? Nous appartenir pour toujours ? Que l'on te baise en même temps, que l'on te donne notre semence ? Nous lier tous les trois ? Il faut que l'on soit sûrs que c'est ce que tu veux dire. »

Elle se mordit la lèvre, » puis hocha la tête.

« Oui. Je veux que vous me revendiquiez.

Je percevais sa nervosité, mais en dessous, il y avait une véritable assurance.

« Quelque chose te fait douter, » dis-je.

Elle posa les doigts sur le collier noir qu'elle avait autour du cou. J'avais hâte qu'il devienne cuivré, la couleur de ma famille. *Mienne.*

« Je veux vous appartenir, à tous les deux. Je veux même que vous me preniez en même temps. Mais ça me fait un peu peur. Enfin... vous êtes si bien montés. »

Un soupir m'échappa et toutes mes inquiétudes s'envolèrent. J'avais passé une journée entière dans une capsule GMS et une autre journée à me reposer. Ryston et Rachel m'avaient chouchouté, mais ce soir, Rachel semblait en avoir fini avec les précautions. J'allais de nouveau bien et il ne restait aucune trace des tissus activés. Elle m'avait sauvé. Krael s'était enfui avant que la vérité ne soit découverte et s'était transporté hors de la planète. Désormais, nous étions au courant du plan, savions que c'était un risque et nous serions vigilants. Mais pour l'instant, la paix était revenue sur la Colonie. Et ma partenaire voulait être revendiquée. Qui étais-je pour le lui refuser ?

« Tu n'as pas besoin de nous flatter, partenaire. Nous t'appartenons déjà. »

Elle leva les yeux au ciel et sourit, avant de se mordre la lèvre à nouveau.

« Et si je n'y arrive pas ? À vous prendre tous les deux, je veux dire ? »

Ryston alla se placer devant elle pour lui caresser la joue.

« Je t'ai bien préparée, non ? Avec les plugs, avec mes

doigts ? Tu arrives à prendre Maxime et le plus gros des plugs en même temps. »

Elle baissa les yeux sur le corps de Ryston, comme si elle arrivait à voir son sexe à travers son armure.

« Mais tu es tellement plus imposant. »

Ryston sourit.

« C'est vrai, Tu vas devoir me faire confiance. »

Le regard avide de ma partenaire croisa celui de mon second.

« Est-ce que tu fais confiance à tes compagnons pour qu'ils prennent soin de toi ? De tout y compris ton désir ? »

Elle me regarda et je vis son inquiétude s'envoler. Tout ce qui restait, c'était de l'impatience et de l'excitation.

Oui, » répondit-elle.

Je hochai la tête une fois et mon sexe se contracta. Elle avait envie de nous. Avait besoin de nous. Elle nous faisait confiance.

« Alors je vais organiser la cérémonie, » annonça Ryston en s'éloignant et en quittant la suite.

La porte se referma en silence derrière lui.

« La cérémonie ? répéta Rachel, avant de me montrer la chambre. On ne peut pas faire ça là, plutôt ? »

J'éclatai de rire. Même si les choses n'avaient pas été très drôles ces derniers temps sur la Colonie, elle me mettait de bonne humeur, me détendait. Me calmait. Me sauvait.

« Lorsqu'un guerrier prillon revendique sa partenaire avec son second, la cérémonie est un événement public.

— Un événement public ? répéta-t-elle, sa voix plus aiguë à chaque mot.

— Ceux qui ont l'honneur d'être choisis par les guerriers pour y assister en sont témoins. Il s'agit d'amis de confiance qui béniront et protégeront cette union. En tant que gouverneur, ma cérémonie doit être ouverte à tous. Je dois recevoir la bénédiction de tous ceux qui voudront me la donner.

— Le collier changera de couleur, dit-elle l'effleurant des

doigts. Ce n'est pas suffisant pour que tout le monde sache que j'ai été revendiquée ? »

Je secouai la tête.

« Tous les citoyens prillons ont le droit d'assister à notre accouplement, de voir la force de notre lien et de savoir que mon second et ma partenaire sont dignes. Dignes de diriger cette base, d'aider à diriger la Colonie.

— D'accord, mais ils n'ont pas besoin de me voir vous prendre toi et Ryston. Enfin, c'est intime ! »

Oui, m'enfoncer profondément en elle pendant que Ryston s'emparerait de son cul vierge pour la première fois était intime. Mais c'était également la consécration de notre lien, sa soumission une partie tout aussi importante du rituel, une proclamation publique qu'elle nous appartenait. Que parmi toutes les femmes de l'univers, c'était elle qui était à nous. Répandre notre semence en elle dirait à toute la Colonie qu'elle était prise, que personne ne pourrait se mettre entre nous. Personne ne pourrait remettre notre union en doute. Jamais.

« Peut-être que tes coutumes terriennes te font voir les choses ainsi. En tant que Prillon, je ne t'expose pas à eux dans le but de t'humilier. Ce que je montre à tout le monde, c'est ma partenaire, le fait que je suis fier de te revendiquer avec Ryston, que tu m'appartiens, que tu nous appartiens. Je suis fier de toi, Rachel de la Terre. Tu es à moi et je veux que tout le monde le sache. Que tout le monde m'envie. Qu'ils te désirent autant que moi. »

Elle recula et marcha en cercle, une fois, puis deux. Je percevais ses pensées, son inquiétude en ce qui concernait la cérémonie de revendication. Je voulais qu'elle soit fière de partager le lien que nous avions avec tous les habitants de la Base 3. Je voulais qu'elle se rende sur le lit de cérémonie en ayant hâte de prouver à quel point nous étions proches et qu'elle nous voulait nous et personne d'autre. Qu'elle nous baise en étant observée ne laisserait aucun doute sur notre relation. Tout le monde saurait.

Dès que ces pensées me passèrent par l'esprit, elle arrêta de marcher et se tourna vers moi.

« Oui. C'est d'accord. »

Elle leva le menton et me regarda, puis elle reprit :

« Je comprends. Je t'avoue que je suis contente qu'on ait ces colliers. Dommage qu'on n'en ait pas sur Terre, parce que sans eux, je ne pense pas que j'arriverais à comprendre les complexités de vos cerveaux masculins. Si complexes et pourtant si simples. Tu ne me jettes pas en pâture à tout le monde. Tu me chéris et tu veux montrer à ton peuple à quel point je compte à tes yeux. »

Je poussai un soupir.

« Oui, partenaire. Exactement. Ce n'est pas une loi et tu peux refuser, dis-je en lui montrant la chambre du menton. Ryston peut revenir et nous pouvons te revendiquer discrètement. Fais-moi confiance, j'y prendrais beaucoup de plaisir. »

Elle secoua la tête et dit :

« Non. C'est important pour toi, pour nous tous. Je te fais confiance pour que tu me gardes en sécurité.

— Alors, allons te préparer. »

Elle fronça les sourcils.

« Qu'est-ce que ça implique ? »

Mon sexe gonfla et mes bourses devinrent douloureuses, pleines de la semence que j'attendais de lui donner.

— Déshabille-toi, partenaire. »

Rachel

Ryston n'avait pas traîné pour organiser la cérémonie de revendication. Dire que j'étais nerveuse aurait été un euphémisme. La perspective d'être enfin pénétrée par mes deux compagnons en même temps était excitante et j'en oubliais presque que cela se passerait devant tout un tas de gens. Presque.

Mais je leur faisais confiance. Je sentais qu'ils en avaient besoin. Maxime avait raison, la culture dans laquelle j'avais été élevée me donnait des préjugés. J'avais l'impression qu'ils voulaient que leurs amis prennent leur pied à mes dépens, qu'ils les voient me prendre, me baiser d'une façon obscène. Les Terriens me prendraient pour une salope, une fille facile. Une pute exposée à tous.

Mais sur la Colonie, avec des guerriers prillons ? Ça n'avait rien à voir. J'avais tout de suite appris que je ne serais pas rabaissée. En fait, mes compagnons me rendaient plus digne, plus respectée ici sur la Colonie que je ne l'avais jamais été sur Terre.

J'étais désirée, pas seulement pour mon corps – mes compagnons m'avaient répété encore et encore à quel point ils avaient envie de moi –, mais aussi pour mon esprit. Ici, j'étais vue comme un atout. Personne ne me mettrait en prison pour un crime que je n'aurais pas commis. Personne ne me volerait mes idées. Tous les guerriers, bien que très dominateurs – de vrais hommes des cavernes –, étaient aussi les personnes les moins misogynes que je connaissais. D'accord, ils étaient galants, mais d'une façon qui les rendait attachants.

S'ils avaient su ce qui arrivait aux femmes sur Terre, je suis sûre qu'ils auraient été les premiers à manifester.

Mais ce n'était pas la Terre. C'était la Colonie et mes hommes me désiraient. Je les désirais. Je voulais qu'ils me revendiquent. Enfin. Je ne pouvais plus reculer. Je ne changerais plus d'avis. Je voulais que mon collier devienne cuivré, comme les leurs. Je voulais qu'ils me baisent tous les deux en même temps.

Maxime poussa un grognement en percevant mes émotions. Je ne savais pas si je m'habituerais un jour à ce qu'ils puissent ressentir ce que je pensais. Mais c'était utile. Ils savaient que même si j'étais nerveuse à propos de tout ça, j'en avais également envie.

Je voulais que mes compagnons m'exposent, montrent le lien qui nous unissait.

« Elle est prête, » dit Ryston en se dirigeant vers moi.

Quand je me fus déshabillée, comme Maxime me l'avait demandé, il me passa une lourde robe autour des épaules, me couvrant complètement, puis il me fit prendre un couloir jusqu'à une grande salle. Oui, c'était bel et bien une salle de revendication. L'on aurait dit un amphithéâtre, avec la scène au milieu et des sièges tout autour. Au milieu de la scène se trouvait un lit. Un grand lit avec des draps noirs, doux et soyeux. Il faisait chaud dans la pièce, ce qui était une bonne chose vu que je serais sans doute bientôt nue. Je jetai un regard aux guerriers qui nous regardaient en silence depuis les gradins. Qui patientaient.

Ryston me prit le menton et me força à croiser son regard.

« Il n'y a personne d'autre ici. Seulement nous. »

Maxime me lâcha les épaules et me contourna pour aller se placer à côté de son second. Leurs grands corps me bloquaient la vue, même si les petits murmures persistèrent. J'entendais des voix dire *Revendiquez-la. Revendiquez-la. Revendiquez-la.*

« On peut faire ça en privé, si tu veux, proposa de nouveau Maxime. Personne ne te verra d'un mauvais œil. »

Ils étaient tellement généreux. Cette cérémonie était importante pour eux. La partager avec leur peuple, me posséder fièrement devant tout le monde. Ils avaient tant fait pour moi, alors je pouvais leur rendre la pareille. Ça ne serait pas douloureux. Au contraire.

« Non. J'en ai envie, dis-je en les regardant tout à tour. Je vous veux tous les deux. »

Je sentis le plaisir que leur apportèrent ces mots et je sus que c'était la vérité.

Maxime mit les épaules en arrière et me prit par la main.

« Acceptes-tu ma revendication, partenaire ? »

Sa voix était forte pour que toute l'assistance l'entende. Tout le monde se tut.

« Te donnes-tu librement à moi et à mon second ou souhaites-tu choisir un nouveau partenaire ? »

Je m'attendais à la première question, mais pas à la deuxième.

« Je ne veux personne d'autre, » me dépêchai-je de dire.

Lorsque je réalisai que ce n'était qu'une formalité, je pris une grande inspiration et je repris la parole d'une voix forte et fière :

« Je me donne à toi et à ton second. J'accepte ta revendication. »

Le public se remit à scander et j'espérais qu'il ne s'agissait que d'une tradition. Ou allais-je devoir baiser sous les encouragements du public ?

« Alors nous te revendiquons. Tu m'appartiens et je tuerai tous les guerriers qui oseront te toucher. »

J'adorais cette possessivité. Ça me faisait fondre. Ça me faisait mouiller.

« Tiens, me dit Ryston en me tendant un bout de tissu noir. Pour tes yeux. »

Ils voulaient me bander les yeux ? Cette idée me pétrifiait et m'excitait à la fois.

« Fais-nous confiance, » dit Maxime tout bas.

Ses yeux croisèrent les miens. Je hochai la tête une fois, puis fermai les paupières alors que Ryston m'attachait le bout de tissu derrière la tête.

« Pas trop serré ? » me demanda-t-il quand il eut terminé.

Je ne voyais rien, pas même un rai de lumière. Ni les guerriers qui nous observaient. Le bandeau était serré, mais pas trop.

« Non. »

Je sentis l'un de mes compagnons se placer derrière moi et défaire le fermoir de ma robe. Le tissu me glissa le long du corps et tomba à mes pieds.

J'aurais bien levé les mains pour me couvrir, mais ils se mirent à me toucher, leurs paumes me caressant les bras, les hanches, la taille, les fesses. Ils étaient doux, apaisants. J'ignorais combien de temps ça dura, mais lorsque mes muscles se détendirent, ils me soulevèrent et me placèrent sur le lit avec douceur.

L'un d'entre eux me rejoignit, son grand corps pressé contre le mien.

« Donne-toi à nous, partenaire, murmura Maxime. Chasse tes pensées. Ressens, c'est tout. Sens nos mains, nos bouches, nos queues. Le collier. Tu es belle. Précieuse. Tu nous appartiens. »

C'était une déclaration plus forte que celle qu'il avait faite en public. Je me détendis encore plus, sans réaliser à quel point j'avais été tendue.

« C'est bien, » dit-il.

Il m'embrassa passionnément. C'était comme si mon acceptation avait libéré son désir. Il s'était retenu jusqu'à présent. Pour moi.

« Oui, murmurai-je contre ses lèvres. S'il te plaît. »

Il nous fit rouler pour que je me retrouve sur lui, puis il me plaça à califourchon sur ses hanches, son sexe dressé entre mes petites lèvres écartées. Des mains fermes m'attrapèrent les seins et jouèrent avec mes tétons. Je poussai un halètement lorsque je sentis une autre paire de mains sur mon corps. Ryston.

Il s'installa derrière moi et l'une de ses mains se posa entre mes jambes.

« Elle est trempée. »

Maxime poussa un grognement en continuant de caresser et de pincer mes tétons.

« Je sais. Elle me coule sur la queue. »

Je n'arrivais pas à rester immobile, il fallait que j'ondule des hanches contre les doigts agiles de Ryston. Ils m'amenèrent au bord de l'orgasme, ma peau couverte de sueur, mes cris couvrant la clameur de l'assistance.

Lorsque je fus sur le point de jouir, ils se retirèrent et me laissèrent assise sur Maxime. À la dérive.

« Non ! m'exclamai-je.

— Chut, dit Ryston d'une voix apaisante à mon oreille. On va jouir ensemble. Comme il se doit. »

Je poussai un gémissement, convaincue qu'il ne changerait pas d'avis.

« Le moment est venu, » gronda Maxime.

Des mains me prirent par la taille et me soulevèrent. Je sentis le gland épais de Maxime contre mon entrée.

« Oui. »

Je pris les rênes et ondulai des hanches, impatiente de m'enfoncer sur lui, de le sentir glisser contre mes parois internes, qu'il les sente se refermer autour de lui. Il m'ouvrit en grand et me pénétra, centimètre par centimètre en m'étirant. Seigneur, j'adorais le sentir en moi. Je me contractai. J'avais envie de le prendre plus profondément.

J'avais appris qu'il fallait que je me penche en avant pour le prendre en entier et, lorsque je le fis, Maxime poussa un grognement, ses mains sur mes seins. Je savais que c'était les siennes, car la main de Ryston était posée sur mes fesses pour les écarter. Un doigt mouillé glissa sur mon entrée de derrière, encore et encore, avant de s'enfoncer en moi. Il le ressortit, puis je sentis quelque chose de ferme, suivi d'un liquide. Du lubrifiant. Il m'avait emplie de lubrifiant. Son doigt revint à sa place et me pénétra avec aisance. Il m'enduisait profondément de lubrifiant avec un doigt, puis deux, tandis que Maxime me soulevait et me baissait lentement pour me baiser. J'étais bien installée sur son sexe, avec ses mains sur mes seins. Mais je me sentis en sécurité lorsque Ryston se pressa contre mes fesses. Lorsqu'ils m'avaient bandé les yeux, ils étaient habillés. Maxime avait eu raison, je m'étais vidé la tête, comme il me l'avait demandé. Je me demandai à quoi pensaient les guerriers alors qu'ils...

— Oh la vache, gémis-je.

Ce n'était plus les doigts de Ryston que j'avais entre les fesses, mais le gland épais de celui-ci qui cherchait à me pénétrer. Ce n'était pas un objet fin comme les plugs, mais un large membre. Il arriverait à entrer. Je sentais son désir et son impatience.

« Détends-toi. Chut. Cambre-toi. » C'est bien, dit Ryston tout en se pressant contre moi, avant de reculer, puis de s'enfoncer à nouveau.

Maxime s'immobilisa pour laisser son second m'étirer petit à petit jusqu'à ce que tout à coup, son gland entre complètement en moi.

Il siffla et je sus qu'il sentait à quel point j'étais serrée. Nous le sentions tous. J'avais deux membres en moi. Pas encore en entier, mais... Ouah.

J'étais tellement pleine. Bon sang. Je n'avais jamais ressenti un truc pareil. C'était sauvage et charnel, cochon et merveilleux.

Je haletais. Je tentai de me détendre, contente qu'ils m'aient si bien préparée. Une main me descendit dans le bas du dos alors que je sentais le torse de Ryston se presser davantage contre moi. Dès qu'il changea de position, il s'enfonça un peu plus.

« Je... Oh. C'est...

— On sait, grogna Maxime. Laisse Ryston entrer en entier, et ensuite, on te baisera. »

En entendant sa grosse voix, je sus qu'il se contenait et qu'il avait du mal à rester ainsi. Je sentis ses hanches bouger légèrement, mais il se retint.

Ryston me murmura des choses à l'oreille alors qu'il s'enfonçait, reculait, puis s'enfonçait à nouveau.

« C'est bien. Tu es tellement bonne. Je sens la queue de Maxime bien enfoncée en toi. Tu peux nous prendre. On va te revendiquer, te marquer de notre semence. Oui. Par les dieux, oui. »

Puis il s'enfonça complètement. Comme Maxime. Ça faisait un peu mal, ça brûlait légèrement, mais cette sensation délicieuse était incroyable. Les colliers me transmettaient le plaisir de mes compagnons et je sus que c'était ce que je voulais par-dessus tout. Je sus ce que cette cérémonie signifiait à leurs yeux et qu'ils avaient besoin de ça. De me partager. De montrer à toute leur planète que je les liais.

Ryston recula lentement, jusqu'à ce que son gland se coince en moi. Maxime s'enfonça davantage. Puis ils alternèrent. Mes yeux s'ouvrirent sous le bandeau et je réalisai qu'il fallait que je les voie. Je l'arrachai et je clignai des yeux alors qu'ils continuaient de bouger. Dedans. Dehors. Chacun leur tour.

Je regardai Maxime. Il était tellement proche. Ses yeux déjà si foncés étaient devenus noirs. Sa mâchoire était serrée et de la sueur luisait sur sa peau.

Je ressentis sa satisfaction de me voir retirer mon bandeau. Je voulais le voir et il voulait me voir. Tant pis pour le public.

La commissure de ses lèvres frémit.

« Maintenant, je vais pouvoir te regarder jouir, voir le plaisir dans tes yeux. Te sentir te contracter sur ma queue et t'enfoncer sur moi. Le sentir à travers le collier. Le regarder devenir cuivré.

— Oui, soufflai-je.

— Tellement belle, murmura Ryston. Tellement parfaite. »

Je le regardai par-dessus mon épaule et il se pencha pour m'embrasser. Sa langue plongea dans ma bouche alors que son sexe s'enfonçait.

Les sons mouillés de nos ébats emplirent la pièce. Je n'entendais pas le public nous encourager, s'ils le faisaient toujours. Je n'entendais que le souffle de mes compagnons, je sentais leurs coups de reins, la caresse de leurs sexes.

Notre désir s'élevait et tourbillonnait, de plus en plus haut. À présent, je comprenais pourquoi Ryston voulait que nous jouissions tous ensemble. Nos désirs se nourrissaient les uns des autres. Ce n'était pas simplement une jouissance, mais une revendication.

« Pitié. Maintenant, » les suppliai-je.

Ryston me donna un coup de reins, puis deux. Resta immobile.

Maxime leva les hanches et m'empala.

Je poussai un cri. Ils grognèrent. Notre plaisir nous lia.

Des mains m'agrippèrent pour me centrer, pour me retenir alors que je sentais leur semence m'envahir, m'emplir. Je perçus leur revendication, je la sentis. Même si je ne pouvais pas voir mon collier, je savais que sa couleur avait changé. Je me sentais différente. À travers notre lien, j'entendis : *Mienne. Mienne.*

Le plaisir était si grand que je tombai sur le torse de Maxime et l'obscurité m'engloutit.

EPILOGUE

 *achel, trois mois plus tard*

« LE PDG A ÉTÉ EMBARQUÉ avec les menottes aux poignets. »

La voix de la gardienne Égara leur parvenait par le haut-parleur alors que les images d'un homme en train de se faire arrêter apparaissaient sur notre écran. Derrière lui, le directeur de l'entreprise marchait tête baissée. La personne que j'avais appelée pour demander qu'elle fasse quelque chose. Celle qui, je l'avais cru, ferait ce qu'il fallait.

Nous nous tenions dans le centre de commandement et étions connectés au Centre de Préparation des Épouses Interstellaires. J'avais beau être complètement revendiquée – je me sentais conquise et *revendiquée* de tant de manières différentes – j'avais besoin de savoir ce qui se passait chez moi.

Non. La Terre n'était plus chez moi. Chez moi, c'était là où se trouvaient Maxime et Ryston. Chez moi, c'était la Colonie.

« John a partagé les preuves que vous aviez récoltées avec les gens qu'il fallait, des gens qui n'étaient pas corrompus. Il les a fait fuiter sur Internet et les a envoyées à des journaux. Je sais que beaucoup de gens sont morts, Rachel, mais grâce à vous et John, d'autres seront sauvés. Ce traitement empoisonné a officiellement été retiré de la vente. Et avec un peu de chance, les gens qui sont aux commandes sauront faire le bon choix.

Je me sentais satisfaite, j'avais même l'impression d'avoir obtenu justice. J'avais eu raison, la vérité avait éclaté, mais cela avait eu un prix.

« Et pour notre partenaire ? demanda Maxime. Son honneur ?

— Elle a été blanchie, son casier est vierge. »

Ryston me prit dans ses bras et je me délectai de son étreinte. Mes compagnons étaient tout aussi contents que moi, voire plus. L'honneur était primordial, pour eux.

« La vérité se répand. Comme une épidémie, en fait, pardonnez-moi ce jeu de mots. »

La gardienne sourit et je ne pus m'empêcher de rire.

Vous êtes heureuse, Rachel ? » demanda-t-elle.

Je vis une lueur de nostalgie dans ses yeux. Je savais qu'elle avait été accouplée à deux guerriers prillons, tout comme moi. Mais les miens étaient en vie et me serreraient contre eux.

Maxime m'embrassa le sommet de la tête, conscient de la tristesse que je ressentais pour l'autre femme.

« Oui, répondis-je. Vous aviez raison. Être accouplée à des guerriers prillons est... fantastique.

— Je suis contente et le Programme des Épouses Interstellaires aussi. »

Je savais qu'elle avait ajouté sa dernière phrase pour sembler plus officielle, mais je savais qu'elle était contente pour moi de façon personnelle. Contente, et triste, aussi. Je ne pouvais pas imaginer à quel point perdre ses deux compagnons devait être douloureux.

« Est-ce que le Prime Nial vous a contactée, Gardienne ? demanda Maxime.

— Oui, Gouverneur. L'interdiction de passer les tests a été levée. Les guerriers de la Colonie qui ont passé les examens figurent de nouveau dans la base de données.

— Parfait. »

Maxime eut un grand sourire, ce qui lui arrivait rarement. Cela me rendit extrêmement heureuse. Il avait beaucoup d'estime pour les guerriers exilés sur cette planète et, à présent, moi aussi.

« Merci, Gardienne. Envoyez-moi des amies, s'il vous plaît, ajoutai-je.

— Bien sûr, Rachel. Je vous souhaite beaucoup de bonheur à tous les trois. La gardienne Égara nous sourit et nous adressa un signe de tête, puis l'écran devint noir.

— Tu as obtenu justice, partenaire. »

Le murmure de Ryston chassa des mois de stress et d'inquiétude comme une brise fraîche. Je me sentais plus propre, d'une certaine façon. Une personne nouvelle. Optimiste. Pleine d'espoir. Toutes ces choses que j'avais cru perdre pour toujours.

« Gouverneur, fit une voix par l'unité de communication de Maxime.

— Dites-moi.

— Vous avez de la visite dans la salle des transports. »

Je jetai un regard à Maxime et vis à l'expression de son visage qu'il n'attendait personne. Je le ressentis également. Bon sang, il alla me falloir du temps pour m'habituer à la puissance des colliers.

« Allons voir, » lui dis-je.

Il me guida à travers le labyrinthe de couloirs, jusqu'à la salle des transports. Lorsque les portes s'ouvrirent, il vit la femme qui s'y tenait, mais il n'entra pas. La porte était sur le point de se refermer, mais je franchis le seuil. Je pris Maxime par la main et le tirai après moi. Ryston était juste derrière nous.

Le collier m'aidait. Je ressentais tant de choses : amour, colère, sentiment de trahison, frustration, joie. C'était étouffant.

« Mère, » dit Maxime.

Cette femme était la mère de Maxime ? Oui, en y regardant de plus près, je la reconnaissais comme la femme que j'avais vue sur l'écran de notre suite. Elle ressemblait beaucoup à son fils.

Ses yeux se posèrent brièvement sur son fils, avant de se fixer sur moi. Je la sentais curieuse. Je n'avais pas besoin du collier pour ça. J'étais la femme à laquelle son fils s'était accouplé, alors il était normal qu'elle me jauge.

« Que fais-tu ici ? » demanda-t-il en me serrant contre lui.

Il ne voulait pas que je sois blessée ou intimidée, pas même par sa propre mère. Une vague d'amour me submergea, de l'amour pour ce guerrier puissant et protecteur et je m'assurai qu'il le sente grâce à nos colliers.

« Tu avais raison, la dernière fois que nous nous sommes parlé. Ta vie est ici. Je ne voulais pas que tu restes sur la Colonie uniquement parce que tu étais banni. À l'instant où le décret est entré en vigueur, j'ai voulu que tu rentres. Mais j'ai réalisé que ton foyer, c'était ici, désormais. »

Maxime me serra davantage contre lui.

« Mon foyer est ici avec Rachel. Et Ryston. »

Sa mère jeta un coup d'œil à Ryston par-dessus mon épaule. Il s'avança et me posa une main à la base de la nuque.

« Oui, tu as raison. D'après ce que j'ai entendu sur la Colonie et sur ta Base en particulier, tu es un très bon dirigeant.

— Merci. »

Ses mots étaient monotones, mais je sentais son soulagement. Maxime était légèrement plus détendu.

« J'ai aussi réalisé que le transport pouvait s'effectuer dans les deux sens. Tu peux revenir sur Prillon Prime, mais je peux venir ici aussi. Je voulais rencontrer ta partenaire et, bientôt, vos enfants.

Lorsque Maxime ne répondit pas, je vis une certaine vulnérabilité dans les yeux de sa mère.

« Ça te va ? demanda-t-elle.

— Oui, mère. Ça serait parfait. »

Elle sourit et je vis à quel point ses yeux étaient jolis. Elle n'était pas froide. Elle avait été blessée par la Ruche comme seule la mère d'un vétéran pouvait l'être. Ça, plus le bannissement, les choses avaient été difficiles pour eux deux. Ils avaient l'occasion de redevenir une famille. Nous le pouvions tous.

Je sentis la main de Ryston me presser la nuque et une pointe de jalousie le parcourut.

« Je ne suis pas venue seule, » dit la mère de Maxime.

Elle tourna la tête vers un coin de la pièce où se tenait une autre femme prillonne.

Ryston laissa retomber sa main et je ressentis sa panique.

Je me tournai pour regarder cette femme droit dans les yeux et je me plaçai entre elle et mon compagnon secondaire. Qui qu'elle soit, elle avait fait du mal à Ryston. Profondément.

Il s'éclaircit la gorge.

« Mère. »

Oh, Seigneur. C'était la femme qui l'avait abandonné. Qui l'avait laissé tomber.

Elle pleurait.

« Regarde-toi, » murmura-t-elle en faisant un pas vers lui, une main tendue.

Je reculai et Maxime m'attira de nouveau contre son flanc, laissant Ryston affronter sa mère tout seul. Quoi qu'il arrive, Maxime et moi l'attendrions.

« Tellement grand. Tellement courageux, dit-elle avant de s'éclaircir la gorge et de baisser les yeux par terre. Je suis désolée. »

Je sentis la déchirure sur le cœur de Ryston le lancer et je m'agrippai à Maxime.

« Je n'ai aucune excuse, reprit la mère de Ryston. Aucune. La mère de Maxime est venue me voir. Elle m'a pratiquement tapé sur la tête pour que je retrouve mes esprits. J'aurais dû réaliser tout ça par moi-même, mais parfois, on a besoin d'être aidé.

— Oui. Je l'ai découvert avec Rachel, dit Ryston, sa voix presque éraillée

— Je ne veux pas rester sur Prillon Prime. Je veux être avec toi, mon fils.

— Quoi ? demanda-t-il, stupéfait. Et père, alors ? »

Elle croisa son regard. Ses yeux avaient la même couleur or pâle.

« Il viendra, lui aussi, mais je... j'avais besoin de te voir. Pour voir si tu me rejetterais.

— C'est nous qui avons été rejetés. Jamais je n'infligerai ça à quelqu'un d'autre, rétorqua Ryston.

— Si tu veux bien de moi, de nous, alors nous viendrons. Ma famille est avec toi. Où que tu sois. S'il y a de la place pour moi ? »

J'avais de la peine pour cette femme, pour Ryston. Les circonstances les avaient déchirés. Tout comme les cruelles accusations dont j'avais été victime sur Terre avaient détruit ma vie. Et pourtant, grâce à ces souffrances, j'avais trouvé une nouvelle vie ici. De la joie. Des compagnons. De l'amour. Ça pouvait être pareil pour eux aussi.

« Oui. Il y a de la place. Pour père aussi. Pour tout le monde. »

Ils parcoururent la distance qui les séparait et Ryston prit la silhouette menue de sa mère dans ses bras.

Oui, il y avait assez de place pour nous tous. Une famille, nos vies entremêlées. Une vie différente de celle que j'avais imaginée, mais à laquelle je n'aurais renoncé pour rien au monde.

OUVRAGES DE GRACE GOODWIN

Programme des Épouses Interstellaires

Domptée par Ses Partenaires

Son Partenaire Particulier

Possédée par ses partenaires

Accouplée aux guerriers

Prise par ses partenaires

Accouplée à la bête

Accouplée aux Vikens

Apprivoisée par la Bête

L'Enfant Secret de son Partenaire

La Fièvre d'Accouplement

Ses partenaires Viken

Combattre pour leur partenaire

Ses Partenaires de Rogue

Programme des Épouses Interstellaires:
La Colonie

Soumise aux Cyborgs

Accouplée aux Cyborgs

Séduction Cyborg

Sa Bête Cyborg

ALSO BY GRACE GOODWIN

Interstellar Brides® Program

Mastered by Her Mates

Assigned a Mate

Mated to the Warriors

Claimed by Her Mates

Taken by Her Mates

Mated to the Beast

Tamed by the Beast

Mated to the Vikens

Her Mate's Secret Baby

Mating Fever

Her Viken Mates

Fighting For Their Mate

Her Rogue Mates

Claimed By The Vikens

The Commanders' Mate

Matched and Mated

Hunted

Viken Command

Interstellar Brides® Program: The Colony

Surrender to the Cyborgs

Mated to the Cyborgs

Cyborg Seduction

Her Cyborg Beast

Cyborg Fever

Rogue Cyborg

Cyborg's Secret Baby

Interstellar Brides® Program: The Virgins

The Alien's Mate

Claiming His Virgin

His Virgin Mate

His Virgin Bride

Interstellar Brides® Program: Ascension Saga

Ascension Saga, book 1

Ascension Saga, book 2

Ascension Saga, book 3

Trinity: Ascension Saga - Volume 1

Ascension Saga, book 4

Ascension Saga, book 5

Ascension Saga, book 6

Faith: Ascension Saga - Volume 2

Ascension Saga, book 7

Ascension Saga, book 8

Ascension Saga, book 9

Destiny: Ascension Saga - Volume 3

Other Books

Their Conquered Bride

Wild Wolf Claiming: A Howl's Romance

CONTACTER GRACE GOODWIN

Vous pouvez contacter Grace Goodwin via son site internet, sa page Facebook, son compte Twitter, et son profil Goodreads via les liens suivants :

Abonnez-vous à ma liste de lecteurs VIP français ici :
bit.ly/GraceGoodwinFrance

Web :
https://gracegoodwin.com

Facebook :
https://www.visagebook.com/profile.php?id=100011365683986

Twitter :
https://twitter.com/luvgracegoodwin

Goodreads :
https://www.goodreads.com/author/show/15037285.Grace_Goodwin

Vous souhaitez rejoindre mon Équipe de Science-Fiction pas si secrète que ça ? Des extraits, des premières de couverture et un aperçu du contenu en avant-première. Rejoignez le groupe Facebook et partagez des photos et des infos sympas (en anglais). INSCRIVEZ-VOUS ici :
http://bit.ly/SciFiSquad

À PROPOS DE GRACE

Abonnez-vous à ma liste de lecteurs VIP français ici : bit.ly/GraceGoodwinFrance

Vous souhaitez rejoindre mon Équipe de Science-Fiction pas si secrète que ça ? Des extraits, des premières de couverture et un aperçu du contenu en avant-première. Rejoignez le groupe Facebook et partagez des photos et des infos sympas (en anglais). INSCRIVEZ-VOUS ici : http://bit.ly/SciFiSquad

Grace Goodwin est auteure de best-sellers traduits dans plusieurs langues, spécialisée en romans d'amour de science-fiction & de romance paranormale. Grace est persuadée que toutes les femmes doivent être traitées comme des princesses, au lit et en dehors, et elle écrit des romans d'amour dans lesquels les hommes savent s'occuper d'une femme et la protéger. Grace déteste la neige, adore la montagne (oui, c'est un vrai problème) et aimerait pouvoir télécharger directement les histoires qu'elle a en tête, plutôt qu'être contrainte de les taper. Grace vit dans l'Ouest des États-Unis, c'est une écrivaine à plein temps, lectrice insatiable et accro invétérée à la caféine.

www.ingramcontent.com/pod-product-compliance
Lightning Source LLC
LaVergne TN
LVHW011823060526
838200LV00053B/3886